"A VIDA REAL É, ÀS VEZES, MUITO MAIOR DO QUE A FICÇÃO."

CRÔNICAS
PARA LER NA ESCOLA

HELOISA SEIXAS

OBJETIVA

© 2013 by Heloisa Seixas

Todos os direitos desta edição
reservados à Editora Objetiva Ltda.,
rua Cosme Velho, 103
Rio de Janeiro — RJ — CEP: 22241-090
Tel.: (21) 2199-7824
Fax: (21) 2199-7825
www.objetiva.com.br

Capa e projeto gráfico
Crama Design Estratégico

Imagem de capa
Bruno Veiga

Produção gráfica
Marcelo Xavier

Revisão
Ana Kronemberger
Marina Santiago
Lilia Zanetti

Editoração eletrônica
Abreu's System

PRISA EDIÇÕES

CIP-BRASIL. CATALOGAÇÃO-NA-FONTE
SINDICATO NACIONAL DOS EDITORES DE LIVROS, RJ

S464c
    Seixas, Heloisa
        Crônicas para ler na escola / Heloisa Seixas ; [seleção e apresentação Regina Zilberman]. - 1. ed. - Rio de Janeiro: Objetiva, 2013.
        il.

    159p.   ISBN 978-85-390-0495-9

    1. Crônica. brasileira. I. Título.

13-00830   CDD: 869.98
                                    CDU: 821.134.3(81)-8

CRÔNICAS
PARA LER NA ESCOLA

HELOISA SEIXAS

SELEÇÃO E APRESENTAÇÃO REGINA ZILBERMAN

Sumário

Apresentação, 9

Arte e vida
Pérolas absolutas, 17
Um brasileiro, 19
Verdades e mentiras, 21
Ainda as rosas, 23
Pequenos heróis, 25
O banquinho, 27
Fronteiras, 29
Teclados, 31
Ausência, 33
Na esquina do poeta, 35
Areias do tempo, 37
Rendeiras, 39

Sementes da memória
Semente da memória, 43
A biblioteca, 45
Tempo, 47
Lição de piano, 49
Era uma vez, 51
Uma obra de arte, 53
Janelas, 55
Maracanã, 57
A memória dos dedos, 59

As mãos de Mariá, 61

Cenas e seres
A revolução pela alegria, 65
Cenas mudas, 67
É proibido comer, 71
Encontro, 75
Madeira musical, 77
O Grande Irmão, 81
A formiguinha, 83
Ruídos, 85
Será?, 87
Espelhos, 89
Muito riso, 91
No aeroporto, 93
As árvores, 95
As flores, 97
Sete vidas, 99
Coisa de louco, 101
Um dia comum, 103
Estranho mundo, 105
Raízes, 107
Noite feliz, 109
A cor do cosmo, 111
Burro sem rabo, 113
A menina, 115
Sobrevivente, 117
O anjo do Maracanã, 119
Na Glória, 121

Civilização, 123
Miniatura, 125
Síndrome do claustro, 127
Gato e sapato, 129
Três cenas, 131
O palavrão, 133
As amigas, 135
Viajante, 137

Assombrações
O elevador, 141
Passos, 143
As gravuras, 145
Presente, 147
A história, 149
O quinto andar, 151
O demônio da meia-noite, 153
O piano, 155

Datas e locais de publicação das crônicas deste volume, 157

Apresentação

CONTOS MÍNIMOS, QUALIDADE MÁXIMA

Na crônica que abre este livro, "Pérolas absolutas", Heloisa Seixas expressa como concebe a criação artística: tal como as ostras que, no fundo do oceano e em total silêncio, até para defenderem-se da invasão de um ser estranho, produzem o melhor de si, o artista dá vazão a algo que emana de seu interior e que tem, ao menos para ele, um valor inestimável. O recolhimento, a introspecção, a tentativa de se proteger, a consciência de que este gesto talvez não tenha utilidade, mas do qual não consegue escapar — eis os elementos que estão presentes no ato de criação, experimentado por todos os artistas.

Heloisa Seixas reconhece que a motivação que a levou a escrever, tardiamente segundo a opinião de alguns conhecidos seus, foi tão intensa e irreprimível que se tornou uma questão de sobrevivência pessoal: ou respondia a esse chamado da literatura ou morria. Logo, segundo a autora, escrever é viver, e o que lemos, a parte de sua existência que considera a melhor, semelhante às pérolas das ostras de águas profundas.

Podemos, assim, considerar-nos privilegiados: a escritora generosamente oferece o que tem de mais precioso, para nosso deleite e admiração. E, em retribuição, espera apenas o nosso prazer. Como se vê, só temos a ganhar nesse jogo de trocas e interações que é a leitura.

Comparar o artista à ostra, quando dá ensejo à criação de sua obra, não o torna, porém, uma figura menos pública. Os contos e crônicas subsequentes a "Pérolas absolutas" são protagonizados por figuras que escolhem a rua como palco: o menino que se exibe nos semáforos, o músico do metrô, os atores que sobem em um simples banquinho para expor suas habilidades. Em todos esses casos, a arte é espontânea e autêntica, e é dessa naturalidade que provém seu valor. Esse posicionamento reaparece, por outro caminho, em "Verdades e mentiras" e "Ainda as rosas": os objetos imitados da natureza, como as flores recebidas pela moça que protagoniza as duas histórias, são bonitos, mas não convencem. Ainda que sofisticados e duradouros, faltam-lhes verdade e vivência, virtudes que, por exemplo, se encontram nas modestas rendas de bilros manufaturadas pelas esposas dos pescadores, que, assim, iludem a solidão durante a ausência dos maridos distantes.

Heloisa Seixas manifesta com muita sinceridade sua posição diante da arte e da literatura: ao "falso brilhante", para lembrar o título da canção de João Bosco e Aldir Blanc, das rosas artificiais, ou ao convencionalismo das fórmulas prontas, prefere a simplicidade, a espontaneidade e a veracidade.

Por isso, a autora chama seus contos e crônicas de "mínimos". O termo não se limita a dar conta da extensão deles, que, efetivamente, são curtos, via de regra ocupando apenas uma página. É que Heloisa Seixas por princípio é uma adepta do minimalismo, que busca a simplicidade, a clareza, a expressão enxuta. "Ausência" ilustra essa tomada de posição, ao relatar a história do desaparecimento dos adjetivos, que, no contexto daquela narrativa, mostram-se excessivos e, por isso, dispensáveis.

Porém, no curto espaço do "conto mínimo", a autora diz muito, valendo-se de um processo narrativo que, por ser simples e direto, não é menos profundo e coerente. Observemos o narrador, por exemplo: ele — aliás, seria melhor utilizar o pronome "ela", pois a perspectiva feminina impõe-se — mostra-se uma pessoa atenta ao movimento da cidade. Seu olhar conduz a história que se oferece ao leitor; mas a narradora, em primeira ou em terceira pessoa, não quer impor sua visão, deixando fluir os acontecimentos para que os percebamos, compreendamos e reflitamos sobre eles.

A cidade torna-se, pois, a principal personagem da maioria dos contos e crônicas, apresentando-se não enquanto cenário, mas por meio de uma série de figuras características. Eis algumas delas: o catador de papel; a moça anoréxica, que desdenha a comida enquanto seu pai, um tanto obeso, se entrega a um lauto almoço; o vendedor de bilhete de loteria; o homem que gosta de falar sozinho e teme ser considerado maluco; o vendedor de flores em bares da vida noturna carioca; o puxador de carrocinha, conhecido popularmente como "burro sem rabo"; a grã-fina de Ipanema que, no calçadão, conversa com uma mendiga, de modo igualitário, sobre seus respectivos cães; os "velhinhos do Rio" que levam movimentada vida ao ar livre, desmentindo os estereótipos relativos à chamada terceira idade; o "anjo do Maracanã", torcedor fanático do Fluminense. E, por último, mas não menos importante, a "viajante", a idosa que, impávida, atravessa a rua em perigoso cruzamento, obrigando os carros a pacientemente aguardarem sua vez para voltar a trafegar.

Essa crônica resume o modo como Heloisa desenvolve as narrativas: ela observa um fato rotineiro do cotidiano — uma velha senhora em vias de cruzar a avenida. Mas, desde o começo, chama a atenção para a figura em questão, por meio de uma única frase que ocupa todo um parágrafo: "Lá está ela." Logo a seguir, identifica quem é "ela": uma mulher antes de tudo "soberba", ainda que idosa, magra, dependente de uma bengala e vestida de modo simples. Mas, confessa, sua presença "se impõe", pois a narradora identifica "uma aura de majestade ali".

É depois de desenhar sua personagem que a história efetivamente inicia, pois a mulher "começa a atravessar" a avenida. A narradora, sabendo que as máquinas são mais poderosas que os humanos, teme pela sorte da mulher; e o leitor, conhecedor também do fato de que, nas metrópoles, imperam os automóveis, acompanha esse receio. Por sua vez, o desenvolvimento da narrativa reproduz a lentidão com que a protagonista percorre o asfalto: as frases ficam mais longas, contrastando com as orações curtas que falam da apreensão da narradora, testemunha ocular e inoperante: "continuo imóvel, pregada ao chão". Mas a velha senhora não precisa de ajuda, pois chega incólume a seu destino, vencendo a barreira das máquinas e, portanto, a barreira do tempo, ao conduzir-nos — a narradora, os leitores e os motoristas — a uma outra época e a "outra maneira de viver, mais amena, mais gentil".

Quando a cidade é representada por essas figuras, ela se humaniza. Portanto, ao se referir a elas, Heloisa Seixas, indiretamente, expressa sua crítica à civilização moderna e a um tipo de progresso que exclui ou marginaliza os seres humanos. Em outros textos, a crítica é direta, e nesses desaparecem as pessoas, sendo a cidade traduzida por cenários às vezes deteriorados ou decadentes.

"Na Glória" ilustra o caso: a narradora caminha por bairros do Rio antigo, como o Catete e a Lapa, até chegar a uma calçada onde se depara com um chafariz de outro século, "completamente abandonado" e, ironicamente, amparado pelo Patrimônio Histórico Nacional, que, contudo, nada faz por aquela relíquia do passado. Em "Sobrevivente", a ação transfere-se para o Leblon, e a narradora chama a atenção para as mudanças resultantes da modernização da área, responsável por edifícios altos que isolam as pessoas e tornam-nas anônimas. É nesse cenário que ela identifica e simpatiza com um pequeno prédio que, de certo modo, representa modesta resistência à incontrolável especulação imobiliária. "Estranho mundo", por sua vez, revela uma faceta ainda pior da sociedade atual: mesmo que topemos com pessoas na rua, elas nos parecem estranhas e atemorizantes, nem sempre por causa delas — e nesta crônica a narradora fala das crianças que cruzaram, caminhando, por ela —, mas sobretudo em razão da violência reinante no meio urbano.

Os habitantes da cidade povoam muitos dos textos de Heloisa Seixas. Mas, quando a autora se deixa representar, é sua memória que ocupa o primeiro plano.

A memória leva a autora de volta à infância, onde estão suas melhores recordações — do Rio antigo, não tão urbanizado, marcado pela presença de uma natureza doméstica, traduzida por quintais, jardins, árvores e pequenos animais; e da família, corporificada especialmente pelas avós materna e paterna. As lembranças da infância não são apenas mentais; elas vêm impregnadas de elementos sensoriais, carregadas de imagens, sons e, sobretudo, aromas. É, pois, uma memória da experiência, que se converte em escrita, para nosso prazer.

São também as recordações do passado que conduzem a autora aos contos de assombração, a que foi introduzida pela avó, conforme relata em "Presente". Essa narrativa é altamente expressiva do modo como os contos de assombração participam não apenas de sua literatura, mas também de sua vida.

"Presente" relembra que, para comemorar os 97 anos da avó Mariá, então lúcida, mas desanimada e alheia, a narradora decide contar a ela uma história que costumava ouvir na infância, reproduzida pela própria aniversariante. A iniciativa dá certo: ao ouvir a assustadora trama, a velha senhora mostra-se atenta e manifesta emotivamente sua satisfação.

A história referida pela neta é reproduzida no texto seguinte, um legítimo conto de assombração, como o leitor pode comprovar.

Colocados em sequência, pode-se testemunhar o significado que tem o relato daqueles textos: eles garantem o elo entre o passado e o presente, entre a memória e a atualidade. Há, na maioria deles, um resíduo do tempo — em "Passos", da vizinha que morreu, em "As gravuras" e "O piano", das primeiras proprietárias desses objetos de arte, em "O quinto andar", da antiga professora autoritária —, evidenciando a corrente da existência que passa de uma geração a outra. Contar é também resistir à morte, e essa sobrevida outorga sentido ao fazer literário.

Das "Pérolas absolutas" aos contos de assombração, passa um fio único e inquebrantável que confere consistência e unidade ao universo ficcional imaginado por Heloisa Seixas.

Regina Zilberman

Arte e vida

Pérolas absolutas

Fundo do mar, em algum ponto do planeta. Na luminosidade difusa, partículas mínimas — fragmentos de plantas, micro-organismos, grãos erguidos do chão arenoso — dançam nas águas uma dança a que ninguém assiste. Tudo é silêncio e quietude no fundo do mar, esse mar eterno.

Mas não, nem tudo.

Há, no seio de uma ostra, um movimento — ainda que imperceptível. Qualquer coisa imiscuiu-se pela fissura, uma partícula qualquer, diminuta e invisível. Venceu as paredes lacradas, que se fecham como a boca que tem medo de deixar escapar um segredo. Venceu. E agora penetra o núcleo da ostra, contaminando-lhe a própria substância. A ostra reage, imediatamente. E começa a secretar o nácar. É um mecanismo de defesa, uma tentativa de purificação contra a partícula invasora. Com uma paciência de fundo de mar, a ostra profanada continua seu trabalho incansável, secretando por anos a fio o nácar que aos poucos se vai solidificando. É dessa solidificação que nascem as pérolas.

As pérolas são, assim, o resultado de uma contaminação. A arte por vezes também. A arte é quase sempre a transformação da dor. Escrever, por exemplo. Fico lembrando de quando comecei. Estava com quase 40 anos e de repente alguma coisa dentro de mim clamou por ser escrita, mas clamou ferida, gritando. E eu cedi. As pessoas às vezes me perguntam se não é preciso coragem para começar a escrever tão tarde, mas respondo que não foi por coragem que comecei e sim por covardia. Tinha medo de morrer. Ou melhor, tinha certeza de que morreria se não escrevesse.

Hoje, mais de dez anos passados, fico pensando ainda em tudo isso, na magia e no fascínio da escrita. Quando escrevemos um romance, entregando-nos à história por semanas, meses, anos, temos por vezes a impressão de estar cruzando um deserto. E corre na espinha o medo de nunca chegar do outro lado. Mas afinal chegamos. E aí nos vem aquela sensação de vazio, como a de alguém que morto de sede atravessasse o deserto apenas para descobrir que no horizonte o que está à sua espera é o mar. O mar, a água salgada, incapaz de matar a sede. E vemos que será preciso virar as costas e trilhar outra vez o deserto, outros desertos, incansavelmente.

Há dor, delírio e delícia em tudo isso — mas, que importa? Escrever é preciso. É preciso continuar secretando o nácar, formar a pérola que talvez seja imperfeita, que talvez jamais seja encontrada e viva para sempre encerrada no fundo do mar. Talvez estas, as pérolas esquecidas, jamais achadas, as pérolas intocadas e, por isso, absolutas em si mesmas, guardem em si uma parcela faiscante da eternidade.

Um brasileiro

Eram onze horas da noite. Sendo dia de semana, a pista da Lagoa, junto ao Estádio de Remo, estava quase vazia. Eu, sozinha ao volante, ouvia música com o pensamento longe dali, distraída — como não se deve ficar nos sinais, à noite — quando vi surgir do canteiro central um menino.

Era preto e magro, aparentando no máximo 8 anos. Estava descalço, a pele das pernas e do joelho esbranquiçada de poeira, e vestia bermuda e camiseta, ambas velhas, desbotadas. Por um segundo, pensei que pudesse representar algum perigo, mas em seguida percebi que trazia algo nas mãos. Devia estar vendendo alguma coisa.

Apertei os olhos, tentando ver o que o garoto levava consigo, enquanto se dirigia para o meio da pista. Eram umas coisas redondas, esverdeadas. Seriam limões? Não dava para ver direito. Havia um carro na frente do meu. Mas ninguém vende limões a não ser em feiras, dentro daquelas redes de náilon que nos cortam os dedos. Além disso, as bolas pareciam grandes demais para serem limões. Mangas, talvez. Não, não, concluí. Mangas, nunca. Mangas não têm esse redondo perfeito.

Por um segundo, ergui os olhos e observei o sinal. Continuava vermelho. E no instante seguinte voltei a olhar para a frente. Só então, com um sorriso, percebi o que o menino portava entre os braços. Eram bolinhas de tênis. E então, em sincronia com meu olhar, ele começou seu número.

Plantado de pé no meio da faixa de pedestres, jogou para cima as bolinhas, que giraram no ar, em torno dele, em perfeito equilíbrio. Durante todos os longos segundos que ainda restavam de sinal vermelho, ele as manteve assim, voando num semicírculo acima de sua cabeça, com extrema graça e agilidade. Mais do que isso: com a compenetração, a dignidade e a altivez que caracterizam os verdadeiros artistas de rua.

E, enquanto olhava para ele, encantada, vi rodopiarem à minha frente, junto com as bolinhas, tantos conceitos, tantas ideias, palavras. Infância, miséria, alegria, luta, suor, fantasia, noite, abandono, brinquedo — tanta coisa me vinha à cabeça e girava e girava no ar, num movimento hipnótico.

Um segundo antes que o sinal abrisse, ele encerrou o show, recolhendo as bolinhas sem deixá-las cair e fazendo uma elegante mesura, em agradecimento. Achei que seu rosto exibia um sorriso quase imperceptível.

E eu, que não gosto de dar esmola em sinais, fiz descer o vidro do carro. Sem tirar os olhos do garoto, acenei pela janela com uma nota de um real. Aquele menino, com suas bolinhas sujas, com sua fantasia maltrapilha — era irresistível. A representação perfeita desse grande malabarista que é o brasileiro.

Verdades e mentiras

Tudo começou com as rosas que a moça ganhou do namorado. Eram botões vermelho-sangue, perfeitos, bem-acabados, cada pétala fechando-se sobre a de baixo num contato harmônico, as folhas saindo das hastes num ângulo estudado, irrepreensível. A moça achou-as tão lindas que se perguntou como ficariam — elas, que já eram tão belas em botão — depois de abertas.

Chegando em casa, arrumou-as num vaso comprido de cristal, cortando a ponta das hastes, uma a uma, para que as flores durassem mais, como tinha aprendido com a avó. Terminado o trabalho, ainda colocou uma pitada de açúcar na água, outro segredo para a longevidade das rosas. E deu alguns passos atrás, a fim de apreciar o arranjo.

Era de fato um belo buquê, cada botão equilibrado na ponta da haste com elegância e perfeição, as folhas de um verde encerado, quase irreal. Mas havia ali alguma coisa estranha, que ela não saberia precisar. Talvez fosse justamente o excesso de beleza. De tão lindas, as flores pareciam artificiais.

E a moça sorriu, lembrando-se da amiga que se dizia "ignorante vegetal". Tinham combinado de almoçar juntas, no dia seguinte. Sempre que saíam, ela se divertia em ver como a outra era incapaz de distinguir flores de verdade de um arranjo artificial. "E esse, é de verdade?", perguntava a amiga, apontando para um vaso de flor, assim que entravam em algum lugar. E ela ria, sem entender como a amiga podia não perceber a falsidade das pétalas grosseiras, das folhas de tecido, com suas ranhuras malfeitas e seus talos brutos, de pano encerado. Mas agora era o contrário. O buquê que recebera, feito com flores de verdade, é que — de tão bonito — parecia falso.

No dia seguinte, ao acordar, a moça foi até a sala ver como as rosas estavam. Como fazia calor, com certeza já teriam desabrochado. Mas não. Encontrou os botões — os mesmos lindos botões — tão fechados quanto no dia anterior. Estranho. Tocou um deles com a ponta dos dedos. As pétalas estavam firmes, como se coladas ali. De uma beleza congelada. Seria culpa dos adubos usados, dos métodos de armazenamento? Seriam, talvez, rosas transgênicas? Bem que tinha desconfiado daquela beleza irreal, como se houvesse em sua perfeição uma mácula, o sinal de um embuste. E, dando de ombros, saiu da sala.

Na hora do almoço, foi ter com a amiga. Entraram juntas no restaurante e sentaram-se à mesa, diante de um arranjo de flores coloridas, parecendo margaridas gigantes. A amiga foi logo perguntando: "São de verdade?" E ela respondeu rindo que sim, claro, enquanto tocava uma das flores — apenas para descobrir, sob seus dedos assustados, que a pétala era feita de pano. A amiga ainda tentou brincar, dizendo que ela estava desmoralizada. Mas a moça não achou graça. Sentiu-se perdida, de repente. Não é fácil viver num mundo onde verdade e mentira se misturam, onde nem sempre as coisas são o que parecem ser. Um mundo em que as flores artificiais já imitam a perfeição da natureza. E onde as rosas de verdade são lindas — mas não desabrocham mais.

Ainda as rosas

Uma semana inteira se passara, e os botões de rosa que a moça recebera do namorado continuavam lá — intactos. Se por um lado não tinham desabrochado — e isso ela percebera logo no dia seguinte —, por outro, tampouco murchavam. Continuavam perfeitos, as pétalas fechadas umas sobre as outras com a mesma exatidão de sempre. Apenas uma pequena alteração na cor e uma mudança quase imperceptível no acetinado das pétalas mostravam que as flores estavam mortas.

Que rosas mutantes seriam aquelas?

Todas as manhãs, a moça acordava e ia até a sala olhar o buquê, embora sempre sabendo o que encontraria. Mas não podia evitar. Virara uma obsessão. Queria que as flores murchassem. Sua estranha perenidade as aproximava perigosamente daquilo que a moça tanto desprezava, as flores artificiais. Uma proximidade que nivelava tudo, deixava tudo confuso, punha por terra suas mais arraigadas convicções. E foi assim, por causa das rosas, que a moça começou a prestar mais atenção no mundo à sua volta e a se perguntar por que as diferenças estavam desaparecendo.

Foi assim, por causa das rosas, que ela um dia observou a dança sensual de uma menina na televisão e achou-a a imitação perfeita de uma mulher. Apenas trocou de canal e deu com um programa em que os adultos brincavam como crianças, numa disputa sem sentido. No dia seguinte, ao passar diante de uma vitrine de loja infantil, viu que as roupas eram idênticas às de uma loja para adultos, a única exceção sendo o tamanho — e a estranha sensação voltou a assaltá-la. Será que ainda havia diferença entre adultos e crianças?

Foi assim, também — por causa das rosas —, que a moça um dia observou um casal saindo da academia e foi pela rua, caminhando atrás deles. Os dois estavam vestidos com roupas de malha, semelhantes às usadas pelos ciclistas profissionais, e se beijaram antes de subir, cada um, em sua bicicleta. Tinham as mesmas pernas musculosas e a mesma cintura reta, os ombros igualmente largos e os braços fortes, com bíceps espetaculares. Era tão difícil dizer, de costas, quem era o homem e quem a mulher, que a moça se perguntou, afinal, qual era a diferença entre os sexos.

E foi assim, ainda por causa das rosas, que a moça um dia leu na revista um conto que parecia uma crônica, e na semana seguinte outro, que era a continuação do anterior, e no qual o tempo da ficção — uma semana — era igual ao tempo real. Um conto que dizia de tal forma o que ela pensava que pensou se não teria sido ela própria que o escrevera. Deve ser o efeito da globalização, concluiu. Mas a verdade é que o mundo está perdendo todas as suas fronteiras.

Pequenos heróis

Eu subia distraída a escada rolante do metrô, quando ouvi a música. De imediato, meus ouvidos ficaram em alerta. Havia na tristeza daquela melodia qualquer coisa de especial, um toque raro. Era quase um lamento, aquele som sofrido que só os violinos são capazes de produzir — e que é como seria a dor, se a dor fosse música. Era-me estranha aquela lamentação em forma de melodia, não só por estar sendo expressa num lugar onde todos pareciam tão brutalizados em sua pressa, mas também porque naquele dia, em particular, eu me sentia alegre e leve. Mas fiquei curiosa.

Paciente, esperei que os degraus onipotentes da escada rolante me levassem para cima, no ritmo ditado por eles, mas queria chegar logo, alcançar a saída da estação e descobrir quem produzia a música tão delicada.

Assim que desemboquei na galeria onde ficava a saída, eu o avistei. Era um homem de meia-idade, vestido com um terno preto já um pouco gasto, mas muito limpo, que ali estava, a cabeça debruçada sobre o instrumento, os cabelos brancos e cheios estremecendo ante a vibração da música que ele próprio produzia.

E parei para admirá-lo. Ali fiquei, por muitos minutos, sentindo o fluir daquele som tão especial, cujas notas doloridas se perdiam em meio ao alarido de passos e vozes apressadas. Ninguém parava, poucos olhavam para ele, mas o violinista continuava lá, vibrando seu arco, o cenho franzido na concentração, dando tudo de si como se tocasse para uma multidão — ou como se não tocasse para ninguém. Sim, era isso. Como se apenas ele e seu violino existissem.

Os músicos me comovem, sempre. Em qualquer show, no momento da apresentação dos músicos, sou daquelas pessoas que se demoram nos aplausos, até quase sentir doer as mãos. E aquele violinista, tão majestoso em sua solidão, me comovia talvez mais do que qualquer outro.

Foi então que me lembrei de ter lido em algum lugar que, todos os anos, a prefeitura de Nova York realiza, com dinheiro público, um show com os artistas de rua da cidade. É um show de verdade, dentro de um teatro, com cenário, iluminação e figurino. Chance rara de se apresentar num palco para aqueles anônimos que, dia após dia, ganham a vida nas esquinas, nas praças e nas estações do metrô, enfrentando o calor, a chuva e o vento — muitas vezes sem ter ninguém que lhes dê atenção. E pensei em como seria bom se fizessem o mesmo aqui. Como seria bom se alguém desse uma chance a esses pequenos heróis, que pontuam de melodia e cor nosso cotidiano tão massacrado e tão massacrante.

O banquinho

Tenho falado de artistas de rua, esses heróis esquecidos que exibem sua arte, seja ela qual for, não importando se estão sendo admirados ou não. E me dei conta de que nunca contei aqui uma história que me impressionou muito: a história do banquinho.

Aconteceu numa noite de festa. A sala do casarão, em Botafogo, estava cheia de gente conversando e rindo. Havia música ao fundo. De repente, as vozes começaram a baixar de tom — e também a música —, até que se fez um silêncio imenso. E todos os olhos convergiram para a porta principal. Ali, de pé, muito sério, estava um rapaz, trazendo nas mãos um objeto inusitado: um banquinho de madeira.

Sem nada dizer, ele entrou. Muito sério, cravava o olhar nas pessoas que o cercavam e que logo foram abrindo caminho para que passasse. Atrás dele, vieram outros. Todos jovens, rapazes e moças, sempre com o mesmo olhar e o mesmo silêncio. E todos, como o primeiro, trazendo nas mãos um banquinho.

Espalharam-se pela sala. No salão, os convidados aguardavam, sem saber o que pensar. Então, o que entrou primeiro colocou no chão o seu banco — subindo nele em seguida. E assim, pairando um pouco acima das pessoas que enchiam o lugar, começou a falar. Era uma fala teatral, cheia de beleza e sabedoria, uma reflexão sobre a necessidade que o ser humano tem de se expressar através da arte, seja ela feita de palavras, sons, cores ou formas. Todos ouvíamos, fascinados. Terminada sua parte, o rapaz desceu do banco, voltando a segurá-lo entre as mãos, enquanto outro, subindo no seu, retomava o texto de onde ele tinha parado. Cada um deles, rapazes e moças, sempre subindo em seus banquinhos, recitou um trecho do texto — o tempo todo falando dessa luta permanente por deixar um rastro sobre a terra e de como ela é heroica e bela. Até que chegou a vez do último. E este, com o olhar ainda mais brilhante que os outros, demorou-se um pouco antes de começar. Encarou, uma a uma, as pessoas que estavam mais próximas. E só então falou:

— Todos nós devemos expressar a arte que carregamos em segredo. É essa nossa pequena imortalidade. Por isso, convido cada um de vocês a, pelo menos uma vez na vida, seja de que forma for, tomar coragem e subir no seu próprio banquinho.

E o salão inteiro explodiu em aplausos.

Levei algum tempo perguntando a um e a outro quem eram aquelas pessoas. Até que alguém me disse: era o grupo teatral do diretor Márcio Vianna, que organizara o texto. Nunca mais me esqueci daquela cena e daquelas palavras, até que um dia, não muito tempo depois, fiquei sabendo da morte de Márcio. Era uma triste ironia que alguém que organizara uma apresentação tão bonita, sobre a efemeridade da vida e da arte, morresse assim tão jovem, pensei. Mas, logo, outro pensamento me apaziguou. A morte, ali, era o que menos contava. Afinal, Márcio cumprira sua parte.

Fronteiras

Tenho refletido sobre fronteiras. Sobre a linha tênue e imprecisa que divide realidade e sonho, sanidade e loucura. E me vêm à mente duas histórias.

    A primeira é narrada por Otto Friedrich em seu livro *Going Crazy* (Enlouquecendo). Ele diz que andava um dia pelas ruas de Nova York a caminho do trabalho — como fazia todas as manhãs — quando, de repente, diante de um cruzamento, parou, assaltado por uma sensação desconhecida. Era algo avassalador, a impressão exata de que algo se rompera, seguida de uma sensação de impotência e pânico. Ficou ali na calçada, paralisado, sem saber o que se passava. Demorou alguns segundos até compreender. Como fazia o mesmo percurso todos os dias, costumava andar totalmente desligado, imerso em seus pensamentos, no "piloto automático". Ocorre que, naquele dia, se deparara de repente com um sinal de trânsito quebrado — um elemento estranho à sua rotina. E aquela "ruptura" provocara uma espécie de curto-circuito em seu cérebro, justamente por estar num estágio de semiconsciência, tal a sua distração. O sinal quebrado provocara uma pane em seu sistema de percepção. Fora coisa rápida, não mais do que alguns segundos. Mas o que o perturbava era perceber que, naqueles instantes, vivera numa fronteira: estivera à beira do que se convencionou chamar "loucura".

A outra história é narrada pelo antropólogo americano Loren Eiseley no livro *O despertar dos mágicos*, de Louis Pauwels e Jacques Bergier. Eiseley conta que caminhava a pé um dia por uma estradinha perto de sua casa, em meio a uma densa neblina. Ia devagar, mal conseguindo enxergar o caminho, quando de repente, a poucos palmos de seu rosto, surgiu a figura de um pássaro voando, que por pouco não se chocou com ele, em meio a um piado horrível e a um farfalhar de asas. Era um corvo. E Eiseley diz que jamais, enquanto viver, se esquecerá da expressão que viu nos olhos daquele pássaro. Era terror que havia neles. O antropólogo passou o resto do dia impressionado, sem entender o que seu rosto tinha de tão terrível para provocar um olhar como aquele. Até que compreendeu: com certeza, com a neblina, o pássaro julgava estar voando alto. E de repente se vira diante do impossível — um homem no céu. Um homem que atravessara a fronteira do plausível e caminhava no ar, pelo mundo dos corvos. Aquela era uma visão aterradora.

E Eiseley se diz convencido de que aquele instante transformou o corvo para sempre: "Agora, quando me vê, lá do alto, solta pequenos gritos e reconheço nesses gritos a incerteza de um espírito cujo universo foi abalado. Já não é, nunca mais será como os outros corvos."

Assim são as fronteiras.

Alguém já disse que os escritores são personalidades fronteiriças. É verdade. Nós, assim como talvez os atores, vivemos no limite entre dois mundos, caminhando sobre o fio da lâmina, podendo resvalar a qualquer momento para um dos lados. Sofremos de uma espécie de esquizofrenia — quase sempre benigna.

Teclados

Um dia, há muito tempo, uma menina entrou, sem ser vista, no gabinete de trabalho de seu avô. Era um aposento proibido. Crianças não podiam entrar lá. O avô não gostava. Trabalhava em casa e detestava que mexessem em seus papéis. Mas a menina se aproveitara de um momento de agitação na casa — era dia de festa.

A casa amanhecera num frenesi. As duas empregadas, a avó, a mãe, as tias, todas andavam de um lado para o outro, sem ligar muito para as crianças. Era o dia da grande festa anual de São João, uma tradição na família. A casa do avô, um sobrado de mais de cem anos, tinha um pátio de terra batida, salpicado de poucas árvores, onde todos os anos era acesa a fogueira. Em torno dela, as mesas com os doces, o grande caldeirão de canjica, que sua avó ainda chamava de mungunzá. Os amigos e vizinhos eram convidados para a festa, que entrava pela madrugada. Tudo isso dava trabalho. Muito trabalho. E adultos ocupados, trabalhando, são a ocasião ideal para que as crianças façam coisas proibidas.

Foi pensando assim que a menina penetrou no gabinete, empurrando a porta com cuidado e fechando-a atrás de si. Entrou e parou por um instante, esperando que seus olhos se acostumassem à penumbra, ao silêncio e ao cheiro forte dos livros de Direito, que enchiam as estantes de alto a baixo. Seu avô era advogado, um homem importante. Com portas e janelas fechadas, o gabinete parecia um cenário irreal, completamente destacado do resto da casa. Ali não havia festa, nem doces, nem junho, nada. Era um mundo com regras próprias, atemporal, livre. Ao menos era como a menina o via naquele instante, talvez movida pela delícia de fazer algo contra a vontade do poderoso avô.

Assim que seus olhos se adaptaram, foram atraídos pela escrivaninha de madeira escura, junto à janela. Com imenso cuidado para não esbarrar em nada, foi até lá. Sentou-se e apreciou tudo o que se espalhava pelo tampo da mesa, os pesos de papel, a espátula, uma pilha de livros, a coleção de canetas. E, no centro de tudo, a máquina de escrever. Ergueu a tampa. Observou, ajudada pela luminosidade que entrava pelas venezianas, as teclas com as letras desenhadas em dourado. E foi com a garganta trancada por uma emoção desconhecida que estendeu sobre elas a ponta dos dez dedos. Seu coração batia como louco.

Ela não sabia, ainda. Não poderia saber. Mas um dia, muito tempo depois, voltaria a sentir aquela mesma sensação. Quando seus dedos, seus dez dedos, se espalhassem com suavidade sobre um teclado agora cor de marfim, com teclas macias que obedeceriam ao menor toque, nesse dia, muitos, muitos anos depois, ela reviveria a impressão sentida no gabinete proibido do avô. Por uma razão simples: porque, embora não o soubesse, ela fora marcada, desde sempre, por esse destino delicioso e implacável — o de escrever.

Ausência

Ela queria fazer uma história de festa, uma história de céus e flores, de verões sem fim, uma história de areias, onde houvesse sempre luz e brisa e cheiros. Queria uma história de amor, de recordações, uma história, quem sabe, de criança ou velho, que alegrasse a manhã. Ou queria talvez uma história de noites, de passos e arrepios, de inquietações, mas desde que fossem sobressaltos sem sangue, onde até nos fantasmas dormisse alguma beleza, um fascínio qualquer.

Mas ali, diante da tela, sentia um vazio, uma paralisia, cuja razão não podia alcançar. Era um impasse. Alguma coisa faltava, alguma coisa se fora. Não sabia o que era. E não tinha ideia de por onde enveredar para descobrir.

Cismou e cismou, sem sair do lugar. Afinal, baixou os olhos das telas para as mãos que repousavam no teclado. Sentiu a perplexidade daqueles dedos, cuja inércia a surpreendia. Levantou-se, foi até a janela. Olhou a paisagem, buscando a resposta. Fechou os olhos, sentiu o sol, mas não encontrava em lugar algum aquilo que — sabia, sabia sem vacilar — dela se perdera.

Voltou. Caminhou até a cozinha, sempre buscando, sempre sentindo falta, mas ainda acreditando. Olhou em torno, observou a casa. Não havia nada fora do lugar, nada que significasse uma pista, que lhe desse as respostas. E, com um gesto de ombros, acabou por desistir.

Mas de repente, quando já nem esperava, descobriu.

Descobriu o que faltava e por que suas mãos se tinham partido. Descobriu o que era aquela ausência, que enchera com sua presença a sala, a vida, tudo ao redor.

Ela estava escrevendo de uma forma como jamais fizera em sua vida: sem adjetivos. Eles tinham desaparecido.

Não estavam mais com ela, para onde teriam ido? Ela os perdera, isso era um fato. Ficou olhando as letras, palavras e frases, vendo nelas apenas uma pergunta. Por que a tinham deixado assim, como se cruzasse agora um leito de rio sem água, só feito de pedras? E de repente lhe vieram à mente as palavras do poeta João Cabral, sua secura, seu quase rancor, falando do sertão. "Lá não se aprende a pedra: lá a pedra, uma pedra de nascença, entranha a alma." A beleza de uma poesia que guarda em cada verso um deserto. Sem adjetivos — porque a alma do sertão, de tanto sofrer, há muito se enrijeceu.

E ela compreendeu afinal o que acontecera: os adjetivos se tinham endurecido. Pois que era hora, sim, de usá-los, mas não aqueles a que ela se acostumara. Nada de azul, marinho, sensual, suave. Nada de vaporoso, anelado, gentil, completo. Era hora de outros. E ela abriu a porta para que corressem, conspurcando o papel como se fora terra, plantando seu horror nos campos onde não mais crescia a relva: cruel, hediondo, pavoroso, assassino, traficante, sanguinário, revoltante, corrupto, intolerável, torpe. Era a ferida que latejava — por trás da festa.

Na esquina do poeta

Eu sempre passo por lá, sim, mas de carro. Nunca a pé. Venho descendo pela rua em direção à praia e constantemente paro naquele sinal. Sei que é a esquina do poeta. Pois foi ali, no entroncamento das ruas Rainha Elisabeth e Conselheiro Lafaiete, na fronteira entre Copacabana e Ipanema, que viveu Drummond por quase toda a vida. E é ali também que, na entrada de um prédio, existe um belíssimo pé de azaleia, sempre florido.

    Reparei nele pela primeira vez ao observar a portaria do prédio, um edifício imponente, desses com portaria de pé-direito alto e grandes cachepôs nas laterais da entrada. E, vendo o pé de azaleia num dos canteiros, lembrei que essas flores só costumam desabrochar quando está frio. Elas gostam do inverno. Achei curioso que aquele pé estivesse tão vistoso, já que fazia calor.

    Pois bem, o tempo passou. E, quando o inverno oficial já estava prestes a ir embora, andou fazendo um friozinho incomum no Rio. Naquelas semanas de garoa e temperaturas baixas, voltei a passar pela esquina de carro e lá estava o pé de azaleia: florido, é claro.

O tempo passou de novo. Em meio às loucuras climáticas que enfrentamos, o frio foi embora e deu para fazer um calor incrível, impróprio para a primavera, que apenas começava. Pois eu passei de novo pela esquina, sempre de carro, pensando: desta vez, aposto que o pé de azaleia estará que é só folha. As flores não podem ter resistido a este verão antes da hora. Mas, quando parei no sinal, me espantei: lá estava o pé de azaleia florido, parecendo mais viçoso do que nunca, inteiramente coberto por suas flores que lembram lírios, só que na cor maravilha.

Aquilo tanto me intrigou que, um dia desses, na hora do almoço, decidi ir até lá — mas a pé. Tinha um assunto para resolver no Posto Seis e aproveitaria para subir a Rainha Elisabeth caminhando. Queria matar minha curiosidade, observar de perto o pé de azaleia, talvez puxar conversa com o porteiro e tentar saber dele o segredo de um jardim de floração permanente. Os porteiros são quase sempre criaturas sábias, que têm muito para contar.

Fui.

Já quase diante do prédio das azaleias, mas ainda sem cruzar a Conselheiro Lafaiete, parei, observando a beleza das flores. E então meus olhos baixaram para as pedras portuguesas que — eu não me lembrava — naquela esquina foram colocadas formando letras, palavras, formando versos de Drummond.

"Vontade de cantar, mas tão absoluta, que me calo, repleto."

Com esses versos no chão, não admira que a esquina do poeta esteja sempre em flor.

Areias do tempo

Amanhece em Ipanema. Passa um pouco das seis horas. A praia está deserta — ou quase. Caminho junto ao mar, olhando para a frente, na direção do Leste, à espera do sol. Sei que vai surgir de repente, criando nesse primeiro momento uma explosão de luz e incendiando o topo dos prédios e dos morros. É o que busco, esse instante. Por isso acordei tão cedo. Mas sei também que ainda tenho de esperar um pouco. E continuo caminhando.

Para trás, ficaram as dunas, o canal, todo aquele trecho mais largo onde as areias são difíceis de atravessar em tardes quentes de verão. E, à minha frente, a praia se estende em curva, até o ponto onde a pedra se recorta no horizonte, ferida por uma estaca gigantesca, que ali foi colocada pelo homem para (dizem) iluminar o mar à noite.

Em minha caminhada, tenho apenas uma dificuldade: vencer a inclinação da areia que, em alguns pontos, tornou-se escarpada, formando uma parede que me obriga a um andar claudicante. Mas não desisto. Não posso virar as costas para o sol.

Vou em frente.

Logo, e embora tenha os olhos fixos no horizonte, começo a perceber, à minha esquerda, muito ao longe, a silhueta de um homem. Está de pé na areia, de frente para o mar, na ponta do promontório formado pela agitação da maré noturna. Alguma coisa em seus movimentos me chama a atenção. Vou diminuindo o passo à medida que me aproximo, como se intuísse que não devo perturbá-lo. E logo constato que estava certa. Antes que ele me veja, paro.

É um malabarista. Muito sério, os pés bem fincados na areia, traz nas mãos meia dúzia de bastões que, de vez em quando, joga para o ar, um atrás do outro. Às vezes, erra. Mas em geral se sai bem. Está treinando. Deve estar ali por precisar de silêncio, espaço, concentração.

Sento-me na areia íngreme, para observá-lo melhor. E me ponho a pensar nos artistas de rua, toda essa enorme confraria de lutadores anônimos, solitários, às vezes famintos.

Pensando neles, de repente me vem à mente uma cena de Fred Astaire, de terno claro e chapéu de palhinha, sapateando sobre um punhado de areia que despejou no chão. A areia amortece o barulho das chapinhas, fazendo o sapato chiar suavemente contra o assoalho. E, enquanto sapateia na areia, Fred Astaire canta uma canção em que diz querer apenas dançar, "deixar suas marcas nas areias do tempo", mais nada. Pouco se importa se vai ganhar dinheiro com isso, se vai ou não ficar milionário, se vai deixar alguma coisa para trás. Dançar é o que importa. A arte pela arte.

E, deixando escorrer da mão um punhado de areia, eu sorrio. O sol acaba de explodir no horizonte.

Rendeiras

Eu estava diante da televisão, esperando a hora do noticiário, quando, passando de um canal para outro, dei com duas mãos de velha no centro da tela, em primeiro plano. Parei e fiquei olhando. Por alguns segundos, não havia narração, não havia música, nada. Era só o silêncio — e aquelas mãos se movendo.

    Mãos de velha. Uma vez escrevi aqui esta palavra — velha — e um leitor reclamou, por não ter achado politicamente correto. Estranhei, pois para mim essa palavra soa muito bem e nada tem de depreciativa. Ao contrário, há força e beleza nela. O primeiro conto que escrevi na vida se chamou "As velhas" e fico imaginando o que seria se ele tivesse se chamado "As idosas". Sendo assim, repito — mãos de velha. Lá estavam. Mãos calejadas, de veias saltadas e azuis, cheias de manchas senis em seu dorso. Mãos como raízes ou troncos, cheias de nós, que de repente se fizeram senhoras da minha tela de TV.

    Agora se moviam. E vi o que faziam aquelas mãos: renda de bilros. Minha avó, que morou no Ceará, sabia fazer renda de bilros. Tinha uma almofada azul, cheia de alfinetes espetados, com aquelas linhas em cuja extremidade havia uma espécie de carretel de madeira — o bilro. Os alfinetes ficavam espetados numa tira de papelão e formavam o desenho que a renda teria quando ficasse pronta. Era uma coisa tão complexa, tão intrincada e difícil, que eu olhava as mãos de minha avó tecendo devagar e tinha certeza de que a renda não ficaria pronta nunca. Não ficou mesmo. A almofada de renda de bilros de minha avó acabou jogada num canto do guarda-roupa, rolou para lá e para cá e, afinal, numa mudança, desapareceu.

Mas aquelas mãos na televisão eram muito diferentes. Tinham uma agilidade impressionante, movimentando os bilros e seus fios como se agissem por conta própria, a despeito de quem as estivesse comandando. Tinham vida, parecia impossível detê-las, ou fazê-las errar. No instante seguinte, o plano se abriu e apareceu também a dona das mãos, seu rosto marcado pela passagem do tempo, os olhos miúdos. E enquanto eu observava aquele rosto, a narradora do documentário me deu uma informação curiosa: é muito comum surgirem comunidades de rendeiras onde há atividade de pesca.

Por que será?

E logo pensei na resposta: imaginei mulheres com os olhos perdidos no mar, esperando a volta dos pescadores, tecendo a renda para vencer o medo, cruzando e descruzando linhas para aplacar o coração impaciente, fiando e fiando como Cloto, a velha mitológica que fia o destino dos homens.

Sementes da memória

Semente da memória

Nasci na rua Faro, a poucos metros do bar Joia, e muito antes de ir morar no Leblon o Jardim Botânico foi meu quintal. Era ali, por suas aleias de areia cor de creme, que eu caminhava todas as manhãs de mãos dadas com minha avó. Entrávamos pelo portão principal e seguíamos primeiro pela aleia imponente que vai dar no chafariz. Depois, íamos passear à beira do lago, ver as vitórias-régias, subir as escadarias de pedra, observar o relógio de sol. Mas íamos, sobretudo, catar mulungu. Mulungu é uma semente vermelha com a pontinha preta, bem pequena, menor do que um grão de ervilha. Tem a casca lisa, encerada, e em contraste com a pontinha preta seu vermelho é um vermelho vivo, tão vivo que parece quase estranho à natureza. É bonita.

Era um verdadeiro prêmio conseguir encontrar um mulungu em meio à vegetação, descobrir de repente a casca vermelha e viva cintilando por entre as lâminas de grama ou no seio úmido de uma bromélia. Lembro bem com que alegria eu me abaixava e estendia a mão para tocar o pequeno grão que, por causa da ponta preta, tinha uma aparência que a mim lembrava vagamente um olho. Disse isso à minha avó e ela riu, comentando que eu era como meu pai, sempre prestava atenção nos detalhes das coisas. Acho que já nessa época eu olhava em torno com olhos mínimos.

Mas a grandeza das manhãs se media pela quantidade de mulungus que me restava na palma da mão na hora de ir para casa. Conseguia às vezes juntar um punhado, outras vezes apenas duas ou três sementes. E é curioso que nunca tenha sabido ao certo de onde elas vinham, de que árvore ou arbusto caíam aquelas sementes vermelhas. Apenas sabíamos que surgiam no chão ou por entre as folhas e sempre numa determinada região do Jardim Botânico. Mas eu jamais seria capaz de reconhecer uma árvore de mulungu.

Um dia, procurei no dicionário e descobri que mulungu é o mesmo que corticeira e que também é conhecido pelo nome de flor-de-coral. "Árvore regular, ornamental, da família das leguminosas, originária da Amazônia e de Mato Grosso, de flores vermelhas, dispostas em racimos multifloros, sendo as sementes do fruto do tamanho de um feijão [mentira!], e vermelhas com mácula preta [isto, sim]", dizia.

Mas há ainda um outro detalhe estranho: é que não me lembro de jamais ter visto uma dessas sementes lá em casa. De algum modo, depois de catadas elas desapareciam e hoje me pergunto se não era minha avó que as guardava e tornava a despejá-las nas folhagens todas as manhãs, sempre que não estávamos olhando, só para que tivéssemos o prazer de encontrá-las. O fato é que não me sobrou nenhuma e elas ganharam, talvez por isso, uma aura de magia, uma natureza impalpável. Dos mulungus, só me ficou a memória — essa memória mínima.

A biblioteca

Ergo os olhos e admiro a estante. Deste ângulo, vista assim, de baixo para cima, ela é de uma beleza quase opressiva. As prateleiras de madeira preta, com frisos dourados já um tanto gastos, dividem a parede na horizontal, cortadas pela presença de uma enorme escada, também de madeira escura, presa a um trilho. E, dispostos sobre as prateleiras, por toda parte   os livros.

São inúmeros, e todos antigos. Há alguns raros, talvez, mas na maioria são apenas velhos, o que, de toda forma, lhes confere uma aura de importância. Gosto dos livros usados. Têm alma. Deles se desprendem os eflúvios das pessoas que os tocaram, com suas dores, alegrias, esperanças, inquietações. Gosto especialmente quando me deparo com nomes, datas, dedicatórias, quase sempre escritas com caneta-tinteiro, naquela caligrafia delicada e floreada de outros tempos. Observo também os livros encadernados, com suas lombadas de couro, vermelhas, pretas ou cor de caramelo, muitas marcadas por títulos de um ouro velho, tendo rolotês de couro como acabamento.

Estou assim, absorta na observação da estante, quando, subitamente, uma certeza me assalta. A de que há mais alguém aqui. Olho em torno e encontro a resposta que já conhecia. Estou só, na sala silenciosa. Não há ninguém. Caminho até o centro do aposento, olhando agora para as outras paredes, também forradas de livros, e sinto crescer a impressão de uma presença.

Cruzando os braços à frente do corpo, fecho os olhos. A sensação aumenta. Há quase um zumbido, um burburinho, como se a sala estivesse cheia de gente. Sinto-me zonza.

Fico assim por alguns instantes, imóvel. Não sinto medo, apenas curiosidade, embora perceba que meu coração bate um pouco rápido demais. Se há um fantasma aqui, é um fantasma amigável, penso. E, de repente, surge em minha mente a imagem do rosto de Borges que, já velho, encara-me benevolente com seus olhos vazios, sorrindo o sorriso infantil dos cegos.

E então eu compreendo. É isso. Eles estão aqui.

Abro os olhos e inspiro fundo. Em meio ao cheiro adocicado que impregna o lugar (livros antigos, mofados, têm às vezes um cheiro doce, como as flores murchas e os cadáveres), percebo que a presença pressentida nada mais é do que os espectros de Borges, Eça, Lúcio Cardoso, de tantos outros. E sorrio. O sobressalto passou. É um privilégio estar aqui, sozinha neste lugar, neste templo sombrio e úmido, onde pairam tantos e tão doces espíritos atormentados.

Tempo

Li outro dia sobre a formação das estalactites e estalagmites. É algo tão lento que são necessários cem anos para que elas aumentem um centímetro. Cem anos para um centímetro. Gota a gota, a água irá pingar, carregando seus minerais, que se sedimentarão, década após década, ao longo de uma vida inteira — mais até que uma vida.

Isso me lembrou de um livro que eu folheava quando adolescente, na biblioteca de meu pai. Era um livro sobre a história da humanidade, cuja página de abertura trazia um texto inquietante. Dizia o texto que, numa terra distante, chamada Svithjod, há uma enorme montanha de pedra, com mil milhas de altura e mil milhas de largura. Uma vez a cada mil anos, continuava o texto, um pequeno pássaro vai até essa montanha afiar o bico na superfície de pedra. E concluía: "Quando a montanha for inteiramente gasta e desaparecer, um único dia da eternidade se terá passado."

Eu lia aquilo com um aperto no estômago, os olhos brilhando de fascínio. Acho que foi por causa desse texto que decidi, na época, fazer faculdade de Filosofia. Depois acabaria desistindo, ao saber que quem se forma em Filosofia não vira filósofo e sim professor. Aquilo me desanimou um pouco. E acabei no jornalismo. Mas a verdade é que minha fascinação por esse tipo de assunto continuou e tem continuado, pela vida toda.

Tempo. Essa coisa desconhecida e onipresente, que passa por nós, através de nós, a despeito de nós — mas que passa conosco. Esse algo que ganhou ainda mais estranheza neste século em que Einstein nos provou sua relatividade, mostrando que o tempo passa mais devagar para um astronauta no espaço.

Tempo. Encontro uma amiga e ela me diz que, quando está chateada, olha para os bancos de pedra da praia. "Olhando para eles, tenho certeza de que os problemas existem, mas que um dia tudo passa." Encaro-a, sem compreender. "Por quê?", pergunto. "Porque os bancos de pedra não mudam nunca." Aquilo que é perene dá, assim, a medida do que é transitório. Sorrio e me despeço dela. Acho que está certa.

E, por fim, lembro de um outro texto que há muito me inquieta, escrito por Marguerite Yourcenar, em seu posfácio de *Memórias de Adriano*. Nessas notas, Yourcenar explica como fez para se transportar para a mente de um homem que viveu há vinte séculos (o livro é narrado na primeira pessoa). E, ao analisar o quão distantes estamos do Império Romano, a escritora chega a uma conclusão surpreendente: a de que precisamos de apenas 25 velhos de mãos dadas, "uma cadeia de duas dúzias de mãos descarnadas", para nos ligar a Adriano. Bastaria somar suas idades. É curioso quando encaramos dessa forma: 25 velhos de 80 anos, juntos numa sala, formam 2 mil anos.

O Tempo é mesmo muito estranho.

Lição de piano

Todos os dias, bem cedo, ela começava. Era a hora da lição de piano. As notas pingavam, uma a uma, na mesma cadência, e assim continuavam por horas a fio, no exercício. Eram sempre as mesmas, dedilhadas pacientemente, dia após dia, semana após semana. Mesmo aos domingos o som monótono se fazia ouvir. No silêncio da manhã, eu escutava perfeitamente da janela de meu apartamento e, se quisesse, seria capaz de reproduzir as notas, uma a uma, com um assobio, tantas vezes ouvira a sequência.

Às vezes, manhã já alta, aquele martelar constante chegava a me exasperar e eu fechava as janelas, ligando o som para não ouvir mais. A tenacidade e a disciplina daquela moça me espantavam. Embora nada soubesse sobre a pessoa que produzia aquele som — não conseguia determinar sequer de que apartamento da vizinhança o som provinha — eu sempre pensava nela assim, como uma mocinha. Quase uma menina. Uma menina fazendo sua lição de piano.

Os anos foram passando e nada mudou. Todas as manhãs, lá estava. O som do piano, em sua monotonia. Dedos que me pareceram sempre solitários, ou até mesmo tristes, martelando as teclas inutilmente, sem a recompensa de uma melodia. Para quê? No início, esperei que as lições evoluíssem e que um dia eu ouvisse uma música inteira, tocada com beleza e força, algo que me recompensasse por tantas horas de monotonia. Mas isso nunca aconteceu.

Até que um dia uma amiga me chamou para ir a um concerto. Um concerto de piano. Fomos. Entramos no auditório enorme, de poltronas vermelhas, parecendo um daqueles cinemas de antigamente. E esperamos, em silêncio. As luzes se apagaram e a concertista entrou. Era uma senhora, já. Muito magra e elegante, imponente em seu vestido negro, os cabelos brancos presos num coque, apenas um fio de pérolas no pescoço. Não tenho muita intimidade com a música clássica, mas minha amiga me dissera que era uma das pianistas mais respeitadas do Brasil. E ela provou por quê. Sentou-se ao piano e nos levou, a todos, em sua melodia, dedilhando-a com maestria, transformando as notas em água, perfume e sonhos.

Quando acabou o concerto, minha amiga me levou ao camarim. Fui apresentada à pianista e, encantada, ouvi-a falar sobre sua arte. E foi então, depois de alguns minutos de conversa que, por algum motivo do qual já não me lembro, ela mencionou onde morava. Não demoramos muito para descobrir a coincidência espantosa: era ela — e não uma mocinha, como eu supunha — quem fazia as lições de piano que eu vinha ouvindo há anos.

Ela, a concertista famosa, capaz de nos transportar com sua música, era a mesma pessoa que dedilhava, todas as manhãs, as notas insossas que eu ouvia em casa.

E foi assim que descobri qual a lição que aquele piano solitário ensinava.

Paciência e humildade.

Era uma vez

Era uma vez uma menina que acordou num jardim.

Ela própria ficou surpresa ao perceber que adormecera e, observando o gramado em torno, piscou os olhos. Pegara no sono sentada no banco, à sombra do pé de jamelão.

Olhou para cima, sentindo as gotas de sol que lhe salpicavam a pele, furando a copa. No meio do descampado, de relva rasteira, a árvore se destacava, frondosa. Era sua predileta. O banco em torno do tronco era na verdade uma mesa que o avô mandara construir. Ele fizera cortar oito tábuas e com elas rodeara o tronco duas vezes, em duas alturas diferentes, de maneira que as pessoas pudessem sentar-se nas madeiras de baixo e usar as de cima como tampo de mesa. Uma solução que deixara a menina encantada. Desde então, ela pegava seus cadernos e lápis de cor e passava tardes inteiras sentada sob a árvore, desenhando e sonhando.

O único problema, no verão, eram os mosquitos. Os jamelões maduros, com sua casca preta e brilhante, se espalhavam pelo chão, transformando-se em manchas de um roxo profundo, que atraíam os insetos. O avô ficava furioso e ameaçava mandar cortar a árvore para acabar com a sujeira. A menina estremecia. Mas, no fundo, sabia que ele não teria coragem. Além do mais, apesar do incômodo dos mosquitos, havia uma beleza naquelas nódoas cor de violeta, mesmo as que enchiam o banco, manchando-lhe a roupa. A menina não se importava.

Antes de sentar-se, tomava o cuidado de limpar a tábua, mas apenas a parte de baixo. No tampo, gostava de ver as frutas amassadas formando desenhos, parecendo querer contar histórias. Era uma vez, imaginava a menina, olhando a mancha em forma de concha, ou aquela outra com formato de sorvete, ou ainda aquela na pontinha da tábua, parecendo um coração. Certa vez, tivera a ideia de passar o dedo na polpa de uma fruta desfeita e usar aquele sumo roxo para colorir o papel, como se fosse tinta. Ficara bonito.

Era assim a menina, cheia de imaginações.

Espreguiçou-se. Sim, gostava muito de desenhar. Mas só apreciava os desenhos que tivessem um significado, que contassem histórias. É claro que nenhum desenho do mundo seria capaz de contar histórias como fazia sua avó. Ah, isso, não. A menina ficava encantada. Eram histórias antigas, muitas cantadas em versos, com frases inteiras que ela mal compreendia, mas cuja musicalidade a deixava hipnotizada. Todo fim de tarde, antes do jantar, ela se deitava ao lado da avó, no sofá, para ouvir seus contos. Já era um ritual.

Ah, e por falar nisso, já estava quase na hora. Precisava entrar, tomar banho. Depois seria só correr para a sala, onde as janelas de venezianas estariam abertas, deixando entrever a trepadeira de flores cor de maravilha. E esperar. Logo, a avó viria. E a menina, aninhada em seu colo, ficaria à espera da expressão mágica que faria tudo recomeçar: era uma vez...

Uma obra de arte

Não sei fazer nem ovo frito.
 Como filha de uma grande cozinheira, cresci completamente à margem de tudo o que se desenrolava na cozinha, aposento da casa do qual era permanentemente expulsa ("lugar de criança não é aqui"). Minha mãe sempre monopolizou os trabalhos. Acho que nem para ajudante servi. Nos dias, por exemplo, dos grandes almoços de comida baiana, o máximo que me era permitido era cortar os quiabos para o caruru, e mesmo assim achava aquilo uma tarefa bastante complexa: é preciso tirar as duas pontas, depois cortar o quiabo no sentido longitudinal, em cruz, para em seguida fazer uma segunda cruz enviesada e só então cortar em rodelas (entenderam?). Não era fácil, não. Foi por coisas assim que nunca aprendi a cozinhar.
 Mas outro dia, sem qualquer razão, remexendo num armário de minha mãe, retirei de lá um livro de receitas e me sentei para examiná-lo. Era um livro antigo, muito antigo, com a capa de um couro escuro, cheio de manchas, e folhas amareladas, também repletas de nódoas. Sabia que

aquele era o livro de receitas de minha avó. Não a avó que me contava histórias, mãe de meu pai, da qual às vezes falo aqui, mas da outra, mãe de minha mãe. Dela, eu não gostava. Era uma mulher rígida, conservadora, quase sempre vestida de preto, cujo semblante fechado nos assustava, a nós, crianças. Seu passo arrastado pelos corredores era a senha para a debandada. Nós a temíamos.

 E agora, ali estava, em minhas mãos, seu livro de receitas. Comecei a folheá-lo. As nódoas nas páginas pareciam fazer revelações, cada mancha era talvez uma gota caída durante a elaboração da receita, na pressa do dia a dia. E as próprias receitas já contavam histórias. Falavam de um mundo que não existe mais, um mundo pesado em libras, com muitas galinhas no quintal (tantas libras de açúcar, uma colher de enxúndia, dezoito gemas). Mas o que mais me comoveu foi a letra. Todo escrito à mão, com aquela caligrafia que hoje só vemos em convites de casamento, o livro revelava uma delicadeza que me parecia estranha à minha avó, pelo menos àquela mulher de roupa escura e semblante fechado que guardei da infância.

 E fiquei pensando: algumas pessoas acham que a vida só tem sentido para quem deixa um legado, um registro artístico qualquer. Bobagem. Não há diferença entre deixar para trás uma escultura gigantesca, que paire sobre toda uma cidade, e um simples livro de receitas — desde que ambos sejam capazes de um dia, no futuro, comover pessoas. Ou uma pessoa, que seja. Nisso, minha avó se igualou aos artistas. A seu modo, deixou uma obra de arte.

Janelas

Um leitor me pergunta afinal que lugar é esse onde vivo e que janelas são essas, as minhas, que ora dão para montanhas e lagoa, ora para apartamentos onde vivem casais felizes e infelizes, ora parecem estar quase ao rés do chão, permitindo-me observar de perto os transeuntes e os catadores de papel. Tem razão, o leitor. Que janelas são essas? Onde vivo? Pois respondo. Vivo em vários lugares e são muitas, de fato, minhas janelas, sendo múltiplas as visões que descortino.

      Uma é estreita, de vidro canelado, e por ela apenas espio os telhados dos prédios que me rodeiam, com suas telhas de amianto, as caixas de cimento, os para-raios, antenas e fios. Mas por cima desse emaranhado cinzento e triste vejo um pedaço de céu, nem sempre azul, mas sempre bem-vindo, por estreito e raro. Nesse pedaço, correm nuvens. Nesse pedaço, sopra um vento sudoeste que tem cheiro de mar. E é por isso que ele, esse pedaço sem graça, me traz toda a beleza da praia de Ipanema, das pedras do Arpoador, das Cagarras — porque nada disso é visto e sim imaginado.

Outra janela é ampla, uma janela francesa, como diriam os ingleses. Dessas de vidro, do teto ao chão. Dá para um terraço de onde — dali, sim — posso ver o mar e as montanhas e o Cristo. Mas dessa janela, paradoxalmente, costumo observar não a natureza, mas a natureza humana, pois dali enxergo também um prédio que se me afigura como a boca de cena de um teatro, cujo cenário tenha sido dividido em pequenas caixas. Em cada uma se desenrola uma vida, uma história. E delas me alimento e a elas reinvento como se me pertencessem. Mas não é só gente que vejo dessa janela, não. Vejo também pássaros, muitos pássaros. Porque é exatamente em cima dessa minha janela que passam os bandos de biguás voando em suas formações perfeitas, em cunha, principalmente nas manhãs, indo em direção à Lagoa e vindo de algum ponto que imagino ser as Ilhas Tijucas, onde eles têm seus ninhos.

Tenho ainda uma janela triste, uma janela assassinada. A janela da minha infância, de onde por mais de quarenta anos vi se descortinar a vista da Lagoa e das montanhas e que a construção odiosa de um shopping acaba de emparedar. Aquela beleza toda virou apenas uma lembrança, um retrato e — sim, Drummond — dói muito.

Mas de todas, há uma janela que é minha preferida — esta diante da qual estou agora. Às vezes é clara, às vezes escura, mas tem o dom de me levar aonde quero, com a rapidez do pensamento. Esta janela dá para uma paisagem que não tem fim, dá para o mundo inteiro. É a janela que quando apagada se transforma em espelho, me deixa ver meu próprio rosto: a tela do computador.

Maracanã

Hoje vou falar de futebol. E quem pensa que sou como a grã-fina do Nelson Rodrigues, que ao ser levada a um jogo perguntou "quem é a bola?", está muito enganado. Não sou dessas mulheres que só gostam de futebol durante a Copa do Mundo.

E aqui vão algumas informações para provar o que estou dizendo: sei muito bem como é a regra de impedimento; já ouvi falar até de coisas como "sem-pulo" e "da figura A para a figura B"; assisto às resenhas de futebol de domingo à noite, trocando de canal quando elas ficam chatas e só falam dos times de São Paulo; frequentei muito os estádios quando era jovem e, entre outras façanhas, fui àquele jogo que foi recorde de público no Maracanã em todos os tempos (porque na Copa de 50 não se contava o número de espectadores): o jogo Brasil e Paraguai pelas eliminatórias da Copa de 70, com 180 mil pessoas.

Outro dia estava pensando nisso, com orgulho, e então concluí: se eu estava lá, eu vi o Pelé jogar. Vi o Pelé jogar... E aí me veio a sensação de que, naquele jogo, não vi nada, nem Pelé, nem jogador algum, nem

Brasil, nem nada. Ou pior, se vi, esqueci. O jogo em si não me marcou. A única coisa que me marcou foi o próprio Maracanã, cheio, grávido de uma multidão colorida e compacta que ululava e tremia, fazendo vibrar seu esqueleto de ferro, seu enorme corpo de cimento armado.

Percebendo isso, a princípio cheguei a me sentir envergonhada. Parece coisa de mulher, pensei, ir ao estádio e não ver o jogo direito. Mas logo entendi: é que estar dentro do Maracanã lotado — e ainda mais lotado daquele jeito — é de fato uma experiência única, avassaladora. Por sua conformação, nosso estádio tem uma acústica espetacular, que é só dele. Quando, subindo pela rampa, desembocamos na arquibancada, ou mesmo nas cadeiras, somos recebidos pelo som uníssono da multidão, que nos atinge em cheio, em pleno peito.

Nenhum outro estádio do mundo ecoa e vibra assim. Foi por isso que, daquele histórico Brasil-Paraguai, eu guardei acima de tudo essa sensação. Mais do que qualquer jogo, mais até do que Pelé, ficou dentro de mim aquele Maracanã cheio, um monstro vivo de beleza e cor.

A memória dos dedos

Passei outro dia por uma experiência estranha. Estava em casa de uma amiga que gosta de antiguidades e reparei em um lindo aparelho de telefone, daqueles que chamávamos JK (em homenagem ao presidente Juscelino Kubitschek), todo vermelho, lindo, sobre uma mesinha junto ao sofá. Peguei naquele objeto tão interessante e perguntei a ela se ainda funcionava.

— Claro. Quer experimentar?

— Quero.

Decidi então discar para minha filha, cujo telefone, claro, sei de cor.

Ergui o telefone, que tem o disco escondido no fundo, e enfiei o dedo no buraquinho correspondente ao primeiro algarismo do telefone da minha filha. Dei a volta até o fim, deixando o disco voltar a sua posição inicial, com aquele barulho salteado, tão peculiar, um verdadeiro expresso rumo ao passado. Mas, em seguida, parei. Tinha esquecido o número da minha filha.

Como era possível? Ligo para ela todos os dias, até mais de uma vez. Fiquei olhando para o disco cheio de algarismos e para o meu próprio dedo indicador, inútil — até que, de repente, entendi o que estava acontecendo. Meus dedos se acostumaram de tal forma a escolher os algarismos em teclados digitais — na mesma ordem, na mesma posição — que eles, só eles, meus dedos, sabiam o número da minha filha. Eu não.

Foi uma sensação esquisita, essa de me sentir menos poderosa e autossuficiente do que minhas próprias mãos. Fiquei tentando entender como isso começou. Talvez tenha sido há muito tempo. A própria máquina de escrever, precursora do computador, já me dava — quando aprendi a datilografar com os dez dedos, sem olhar — uma sensação semelhante. Com o advento do celular, então, tudo se acelerou. Se com os primeiros aparelhos celulares eu já digitava automaticamente, agora nem isso. Os celulares inteligentes, como o meu, têm suas listas de "favoritos" em que é só clicar no nome da pessoa com quem queremos falar para o aparelhinho já sair ligando.

Ainda com o telefone JK nas mãos, continuei parada, observando aqueles dedos, como se fossem seres alheios a mim. Lembrei então que, nas minhas aulas de teclado, muitas vezes tenho dificuldade de entender a pauta à minha frente, mas percebo que os dedos vão seguindo, tocando, acertando direitinho, quando nem eu mesma sabia que eles sabiam a melodia.

Então é isso. Existe uma coisa chamada memória dos dedos. Vai ver que sempre existiu, os impulsos elétricos enviados do cérebro para nossos membros, pernas, braços, mãos, quando muito repetidos, formam caminhos conhecidos, já muito bem-escavados, delineados, percursos que funcionam quase à nossa revelia. Mas agora, com esses aparelhinhos modernos, a coisa ficou mais gritante. Chega a ser um pouco assustadora. Dedos e mãos agindo por conta própria. Parece coisa do dr. Fantástico.

As mãos de Mariá

Olho minhas mãos, os dez dedos pousados sobre o teclado do computador, sob o jato concentrado de luz que desce da luminária de mesa. Observo os desenhos das veias, da pele, as pequenas ranhuras circulares, semelhantes a um rodamoinho, que se formam nos nós dos dedos. Vejo também as unhas largas, crescendo apenas um pouco acima da linha da ponta dos dedos, unhas levemente encurvadas para baixo, pintadas de um esmalte da cor da carne, da cor da renda. É impressionante a semelhança. Mãos de Mariá. Com o passar do tempo, minhas mãos vão ficando cada vez mais parecidas com as de minha avó (embora as dela fossem mais bonitas).

Mariá tinha mãos assim, de dedos torneados e unhas largas, que ela sempre pintava de um esmalte natural, uma mistura transparente. Às vezes, quando era época de festa, pintava-as de vermelho. Nessas ocasiões, gostava de tirar o esmalte das pontas, o que formava um fio branco na extremidade, e também de deixar à mostra as meias-luas, coisa que já não se usa mais.

Lembro que quando era menina eu invejava aquelas mãos, achava-as lindas, tão diferentes das minhas, sempre com as unhas roídas. Observava-as enquanto seguravam os livros, nas reuniões noturnas em que minha avó nos contava histórias, ou quando, com destreza, elas movimentam as agulhas de crochê, o brilho do metal faiscando sob o abajur. Observava-as também quando seguravam as cartas do baralho. E me deliciava quando aqueles dedos longos, elegantes, deitavam sobre a mesa as canastras. Meu avô ficava furioso porque Mariá jogava distraída, sem prestar atenção, e ganhava sempre, pois tinha uma sorte incrível e tirava todos os coringas.

E agora, olhando minhas próprias mãos, fico pensando: quando eu nasci, minha avó estava mais ou menos com a idade que tenho hoje. Talvez por isso a sensação de reconhecimento, porque as mãos de minha avó, quando eu as conheci, tinham a idade destas minhas mãos, estas que estão agora mesmo pousadas aqui, sobre o teclado do computador.

É curioso porque, nos últimos tempos, quando minha avó já estava muito velhinha, as enfermeiras que cuidavam dela costumavam cortar-lhe as unhas muito curtas para que não se ferisse. E, ao visitá-la, eu olhava aquelas mãos e via que estavam cada vez mais parecidas com minhas mãos de menina, com as unhas roídas.

No fim, Mariá — que se estivesse viva faria hoje 100 anos — ficou com minhas mãos e eu herdei as dela. Foi como se fizéssemos uma troca. E agora suas mãos maduras, que eu tanto admirava, têm em mim uma extensão, um tempo extra de existência, para que continuem segurando livros, folheando páginas — e contando histórias.

Cenas e seres

A revolução pela alegria

Da janela, observo o catador de papel. Na calçada, ele separa os pedaços de papelão, que vai empilhando e amarrando em grandes feixes, com todo o critério. Parece extremamente concentrado. Há dignidade em seus gestos. E eu, olhando. Uma cena urbana cada vez mais comum, esta de catadores de papel, vidro ou lata trabalhando. Vendo a cena, começo a pensar no Brasil. Este nosso estranho país.

O Brasil é um dos campeões mundiais de reciclagem de lixo. O que é louvável, sem dúvida, só que não foi a conscientização ecológica que fez isso acontecer — e sim a miséria. A necessidade de catar papelão ou lata — por falta de outra opção para o sustento — transformou um imenso contingente de miseráveis em defensores do meio ambiente. Não é incrível?

Continuo pensando. É igualmente estranho que um país pobre, tão cheio de miseráveis, tenha sido também um campeão em matéria de doações para as vítimas do tsunami na Ásia. E que uma cidade como o Rio, tão assolada por mazelas urbanas e pelo medo da violência, seja a mais solidária e a mais cordial do mundo. Essa capacidade de mobilização, essa energia criativa — é uma marca nossa. É disso que falava Joãosinho Trinta quando mencionava o potencial do brasileiro de fazer "a revolução pela alegria". A expressão é dele, desse nosso grande filósofo popular, que não por acaso se tornou célebre por sua participação no frenesi anual chamado Carnaval. Tive um amigo suíço que vinha aqui de férias duas vezes por ano e não se cansava de admirar essa nossa capacidade. E havia uma coisa que ele admirava em especial, algo que a nós nos parece corriqueiro, desimportante: a facilidade com que nos tocamos. O brasileiro não tem medo do abraço.

Claro que tudo isso — essa nossa criatividade, esse jogo de cintura — é também o que nos leva ao desrespeito às leis, a parar em cima da faixa de pedestre, a se aproveitar do Estado como se fosse uma grande mãe, a não parar no sinal vermelho, às pequenas espertezas — à corrupção, em suma. Mas precisamos acreditar que se pode aproveitar essa energia para coisas boas. Fazemos isso, às vezes. Numa era cada vez mais mecanizada, pasteurizada, de relações frias, virtuais, distanciadas, bem que às vezes conseguimos dar ao mundo uma lição de sol, de colorido e solidariedade. Uma lição de abraço. Com os olhos no catador de papel lá embaixo, fico pensando se não é por isso que nossa estética de cores vibrantes — verde e amarelo — está tão em moda na Europa.

Mas de repente tomo um susto.

Hoje era dia de escrever um conto mínimo e eu fiquei aqui — filosofando na janela.

Cenas mudas

Cena 1: numa noite chuvosa, uma mulher jovem, arrastando a filha pequena pela mão, atravessa um pátio escuro, um estacionamento quase deserto. As duas parecem inquietas. A mulher divisa o próprio carro, lá longe, e apressa o passo. Mas, de repente, percebe a presença de um homem que está à espreita. As duas, mãe e filha, saem correndo, em desespero. Mas não gritam, tudo está mergulhado no mais completo silêncio.

Cena 2: uma menina caminha sozinha por um descampado quando vê cair do céu, lentamente, uma folha de papel em branco. Logo, a cena é substituída por outra, em que as pessoas lotam as ruas de uma cidade. Todas olham para cima, admiradas, e veem cair do céu folhas de papel em branco. Milhares delas. Mais uma vez, tudo se dá em silêncio. Há nessa cena uma sugestão inquietante, que me faz lembrar do 11 de Setembro em Nova York, quando folhas de papel ou seus fragmentos choveram sobre a cidade depois que as torres gêmeas foram pulverizadas.

Cena 3: como num filme de ficção científica, baseado em George Orwell ou H. G. Wells, vejo várias pessoas tentando entrar ou sair dos vagões de um trem, mas noto que cada uma delas está algemada a outra pessoa, um duplo seu, alguém com quem está fadada a compartilhar a vida. Esse "outro" ao qual as pessoas estão acopladas precisa ser arrastado, é um estorvo. Qualquer movimento desses seres estranhos e siameses se torna assim penoso, aflitivo. É um mundo de pesadelo. E, como sempre, silencioso.

Cena 4: um jovem de aspecto muito frágil está perdido numa floresta, no meio de uma tribo selvagem. Tenta, a custo, estabelecer contato com os nativos. Expressa-se por mímica, procura sorrir, mas noto que seu semblante revela uma tensão: sabe que, se não tiver sucesso, sua vida corre perigo. De repente, algo dá errado. Os selvagens cercam o jovem com olhares gulosos e ele já não tem dúvida de que está entre canibais. Sai correndo em desespero. Tudo isso se dá sem que um único som seja emitido.

Cena 5: uma família está lanchando na cozinha. Primeiro, só os pais, depois também os filhos, que vão chegando. Têm todos um ar de grande satisfação. Mas não notam que no fogão, atrás deles, surge um perigo: uma chama, pequena a princípio, mas que logo se irá alastrando. A família continua lanchando, sem nada perceber. Toda a cena se dá, como as outras, em silêncio. O fogo se encorpa, vai tomando tudo. E eles ali, inocentes, felizes. As chamas começam a devorar a cozinha, mas não há fumaça, não há cheiro. É um fogo alienígena, traiçoeiro. Quando a família perceber, será tarde demais.

Essas cinco cenas que acabo de descrever poderiam ser, cada uma delas, o começo de um filme de terror ou ficção científica, daqueles bem *trash*, ou filme B, como chamam os cinéfilos. Um filme mudo, porque a ausência de som é um ponto comum entre todos, embora não o único. A outra coincidência é que, em todos os casos, são cenas que transmitem inquietação. O mundo que mostram não é um mundo tranquilo, charmoso e pacificado. Ao contrário. É um território de terrores sutis, à espreita. Em alguns casos, há a sugestão de desastre iminente. Em outros, a cena é permeada por um sentimento de absurdo, de algo que não se encaixa — o que também traz incerteza.

Mas nenhuma dessas cenas pertence a um filme de terror. São anúncios. Simples e inocentes anúncios de TV.

Não é impressionante?

E se são mudos é porque é assim que os vejo, com o botão do controle remoto no *mute* — pois tenho o hábito de tirar o som da televisão na hora do intervalo comercial (eles gritam demais!). Tudo bem, você dirá, são brincadeiras. Mas por que essa aura tão desagradável?

Já houve quem me dissesse que as cenas me parecem mais inquietantes porque eu as assisto sem som. Não sei, pode ser. Mas o fato é que elas me incomodam. Ainda mais porque fazem parte do cotidiano de todos nós, entram por nossas retinas diariamente, até várias vezes por dia. Tive um acupunturista que me dizia para tomar cuidado com aquilo que me entra pelos olhos, nariz e boca. "É tudo alimento", dizia. Às vezes, assistindo aos comerciais de TV, penso nele. E tenho a sensação de que o mundo se transformou numa grande história de terror — de filme B.

É proibido comer

Eu folheava uma revista de moda quando, de repente, o olhar de uma modelo me prendeu. Era jovem, muito jovem, não teria mais do que 13 ou 14 anos, e seu rosto era lindo e delicado — porém extremamente triste. Seus olhos claros e azuis cercavam-se de uma sombra escura, as faces eram encovadas e os lábios descaíam num sorriso de mentira. Diante de tamanha melancolia, e tendo o cenário atrás dela uma iluminação difusa, pus-me logo a imaginá-la um anjo caído, movendo-se por algum purgatório, limbo ou umbral, uma região perdida entre o céu e a terra.

Passei a página.

Lá estava ela outra vez. O mesmo tipo de roupa vaporosa, o mesmo olhar, a mesma dor. Mas, talvez por força da iluminação diferente, já parecia real, humana, mais menina do que anjo. E foi o que me fez adivinhar a razão de sua dor: ela estava com fome.

Tive certeza de que era essa a razão de sua tristeza, porque me lembrei de ter visto, meses antes, em outra menina, expressão igual. Nessa outra ocasião, eu estava num daqueles restaurantes tradicionais do centro do Rio, lugares que primam por decoração simples e uma comida deliciosa e substancial, cheia de calorias. De repente, a menina entrou, acompanhada do pai. Notei de imediato sua beleza triste. O pai, ao contrário, gordo, já grisalho e de ar bonachão, parecia animado e feliz.

    Sentaram-se. O pai foi logo pedindo cerveja, mas a menina, pelo que percebi, nada quis beber. Nem refrigerante, nem água, nada. Chegaram então, como entrada, empadinhas de camarão. Vi o olhar guloso do pai, apanhando-as, uma a uma, satisfeito da vida. E a menina não comia nada.

    Logo, chegou o prato principal. O pai escolhera um arroz de frutos do mar, com anéis de lula, pedaços suculentos de polvo e camarões imensos derramando-se da travessa. E a menina uma salada mista, aquela salada de restaurante tradicional, composta de alface, tomate, ovo cozido e uns pedaços de cenoura, na certa cozidos em água e sal. Nada mais frugal. A menina se serviu e começou a comer. Levava horas para dar cada garfada, rasgando e dobrando as folhas de alface com todo o critério, como se fizesse um embrulho de presente. Ou como se quisesse enganar a fome. O pai, entre risadas, oferecia a ela seu arroz de frutos do mar, insistindo, insistindo. E a menina irredutível.

    Terminado o prato, o pai ainda se deu o prazer de uma sobremesa portuguesa, alguma coisa que não percebi bem o que era, mas que parecia cheia de gemas de ovos, de açúcar e de calorias. Comeu o doce acompanhado de uma xícara de café. A menina diante dele esperava, de braços cruzados. Quando afinal se levantaram para ir embora, a mocinha parecia ainda mais deprimida do que ao entrar. Vi sua silhueta diáfana recortada contra a porta de vidro. Em seguida, desapareceu.

    Fechei a revista, mas continuei pensando naquelas duas meninas tristes. E em todas as outras que vemos por aí, sempre falando em dieta, sempre tentando emagrecer. Lutando para alcançar um padrão de corpo que contraria a natureza e parece ter sido criado apenas para fazer sofrer — pois é inalcançável. Qualquer mocinha que não viva à base de alface e água — a não ser as que, por natureza, tenham a sorte de ser excessivamente magras — vai olhar-se no espelho e chorar porque não tem aquele aspecto doentio que se vê em quase todas as páginas de moda.

É curioso. Filhos ou netos da geração que fez a revolução da contracultura, os jovens de hoje podem quase tudo, foram criados com extrema liberdade, têm acesso a um universo ilimitado de informações e de ofertas de consumo. E talvez seja precisamente esse o problema — o excesso. Lembro que quando eu era criança, só havia dois ou três tipos de biscoito doce. Hoje, em qualquer lojinha de posto de gasolina, há prateleiras inteiras de biscoitos de todas as qualidades, recheados ou não, com ou sem cobertura, com chocolate amargo ou de leite, com nozes ou passas, o que for. Mas tudo isso para quê, se vivemos todos (e principalmente os jovens) torturados, com medo de engordar?

Chega a ser irônico. Lutou-se tanto para mudar o mundo e de que adiantou? Agora, quando quase tudo é permitido, alguém inventou que é proibido comer.

Encontro

Aconteceu em Ipanema. Eu ia passando, apressada, mas não pude deixar de notar aquela mulher tão elegante que ia à minha frente, com sua cadelinha pela coleira. Vestida de legging e capa de chuva, calçando um par de tênis daqueles que, segundo um amigo meu, "costumam custar o preço de um conjugado em Copacabana", a mulher tinha o cabelo liso muito bem-cortado, evidentemente pintado com uma tinta de boa qualidade. A cadela, de coleira de oncinha, também parecia recém-saída do cabeleireiro; seu pelo, limpíssimo e esvoaçante, era cor de champanhe, combinando com a capa de chuva da mulher. A raça eu conhecia bem, pois tive um cãozinho desses quando criança. É uma raça que tinha quase desaparecido, mas agora parece estar voltando à moda: Lulu da Pomerânia (nome que em mim sempre evocou qualquer coisa saída de um conto de fadas).

A elegância clean daquela dupla foi o que me chamou atenção, e como ambas, a mulher e a cachorrinha, andavam logo à minha frente, pude apreciá-las por um bom tempo. Até que, de repente, alguma coisa pareceu chamar a Lulu. Ela começou a puxar sua dona para o lado, esticando a guia, repuxando a coleira, mandando às favas toda aquela coreografia de andar ritmado — e não foi preciso muito tempo para que ficasse evidente a razão de seu interesse: era um cachorro, deitado ao lado de uma mendiga. Era um cão sarnento e sujo, de pelo curto preto e branco, tendo no olho esquerdo uma mancha escura que lhe dava um aspecto de pirata do Caribe. A cadelinha da Pomerânia, com todo seu pedigree, parecia encantada pelo vira-lata. E não sossegou enquanto não puxou sua dona até o canto da calçada onde ele estava.

Logo os dois cachorros se viram focinho com focinho, abanando os rabos com grande animação. O interesse parecia cada vez maior. E foi quando as duas mulheres começaram a conversar. De onde eu estava (a essa altura, tinha parado para apreciar), não podia ouvir o que diziam, mas logo elas me pareceram muito calorosas uma com a outra. Não era um contato rápido, entre uma pessoa caridosa e um pedinte. Era um animado bate-papo, em que as duas falavam e davam risada, como se fossem velhas amigas, a mendiga sentada no chão da calçada e a mulher elegante de pé à sua frente.

Não pude deixar de pensar na cena de um filme delicioso, *A valsa do imperador* (de 1948), com Bing Crosby e Joan Fontaine, em que ela, mulher nobre, tem uma cadelinha que se apaixona pelo cachorro vira-lata de um plebeu, vendedor de gramofones. Os personagens de Crosby e Fontaine têm grande antipatia um pelo outro, mas os dois cachorros se adoram (quem adivinha o final?).

E enquanto eu pensava no filme, ali, naquela calçada de Ipanema, as duas mulheres tão díspares, vivendo em mundos tão obviamente diferentes, continuavam conversando como se fossem velhas amigas. O papo se alongou tanto que acabei indo embora, pois tinha um compromisso. Mas fui pelo caminho pensando nessa coisa maravilhosa que são os animais, e em sua capacidade de aproximar — e adoçar — os seres humanos.

Madeira musical

Soube outro dia que o nosso querido — e tão maltratado — pau-brasil é a melhor e mais perfeita madeira para fabricar arcos de instrumentos de corda. Li isso no *Jornal do Brasil*, em texto do jornalista Marcelo Gigliotti, segundo o qual a árvore, quase extinta, está sendo replantada em áreas privadas por archetários, isto é, por aqueles que fabricam os arcos para violoncelos e violinos. Foi feito inclusive um documentário sobre o assunto, "A árvore da música", de Otavio Juliano.

Há uma beleza estranha e triste em tudo isso. A madeira que deu nome ao nosso país servir para fazer música é algo que me encanta, ainda mais se pensarmos no quão musical é a gente que vive por aqui. Segundo um amigo meu que entende do assunto, o Brasil está entre as três regiões que produziram a melhor música popular do mundo, as outras duas sendo os Estados Unidos e o Caribe. Deve ser verdade. Nada mais perfeito, portanto, que o Brasil ter sido batizado com um nome de madeira musical.

Em contrapartida, isso torna ainda mais chocante o descaso e a barbárie que levaram à quase completa destruição da árvore que é nosso nome próprio, nosso próprio nome. Em seu texto, Gigliotti lembra que apenas no primeiro século de colonização do Brasil, foram derrubadas dois milhões de árvores. E que os índios ajudavam na derrubada, a fim de trocar madeira por presentes, dados por portugueses e franceses. Mesmo eles, que tinham uma relação tão bonita com a natureza, mesmo eles que usavam a madeira do pau-brasil para fabricar seus arcos (de caça, não de música).

Sendo uma espécie típica da Mata Atlântica, o pau-brasil era árvore abundante em quase toda a extensão do litoral brasileiro, principalmente entre o Rio Grande do Norte e o sul do estado do Rio. Fico imaginando a beleza das florestas cheias dessa árvore de madeira vermelha. Seus outros nomes — orabutã, brasileto, ibirapitanga, ibirapita, muirapitanga, ibirapitá, pau-de-pernambuco, pau-rosado — ecoam em mim como se fossem a letra de uma canção de Tom Jobim. Este, aliás, foi a vida toda um lutador em defesa da natureza (exceto quando ainda era menino e matava passarinhos, coisa de que sempre se arrependeu).

Como mais de 90% da Mata Atlântica foram arrasados nos últimos cinco séculos, quase não existe mais pau-brasil em estado natural. Só restam poucos exemplares espalhados aqui e ali, a maioria na Bahia, e mesmo assim porque lá havia o costume de usar a sombra dessa árvore para proteger as plantações de cacau. O bicho-homem parece que sente gosto em degradar o planeta.

Mas às vezes ele se redime. E não é só de Tom Jobim que estou falando. A Floresta da Tijuca, no Rio, está aí para provar isso. Em dezembro de 1861, a mando de dom Pedro II, o engenheiro Manuel Archer, auxiliado por seis escravos, homens e mulheres, começou o replantio da Floresta da Tijuca, que havia sido devastada pelas plantações de café. O trabalho, que durou onze anos, resultou na plantação de mais de cem mil mudas, num impressionante exemplo de consciência ecológica, tornado ainda mais espetacular pelo fato de acontecer numa época em que ninguém se preocupava com isso. É uma história tão extraordinária que não sei como a Floresta da Tijuca ainda não foi considerada Patrimônio da Humanidade pela Unesco. Essa notícia seria música para os ouvidos de nós, brasileiros.

O Grande Irmão

Recebo pelo correio um envelope azul-marinho. Na capa, traz meu prenome em letras garrafais, seguido de uma frase sobre a emoção de morar no Leblon. É um folheto de propaganda de um produto qualquer. Olho para aquele pedaço de papel e sinto uma sensação estranha. Não gosto de ver meu nome estampado em letras tão grandes num envelope, jogado na mesa da portaria. Eu, uma pessoa tão discreta, que não falo alto, não me meto com os vizinhos. Sinto como se o vendedor do produto tivesse tomado comigo uma intimidade que não lhe dei, de certa forma me desnudando em público.

No meu aniversário foi a mesma coisa. Recebi um envelope que trazia um gigantesco "Parabéns", seguido do meu nome em letras imensas. O prédio inteiro ficou sabendo que era o meu aniversário. E se eu detestasse esse tipo de efeméride? Se preferisse que ninguém soubesse o dia em que faço anos?

Isso não deveria acontecer. Outra coisa que me incomoda são os telefonemas oferecendo coisas. Ou os e-mails com convites enviados por pessoas de que nunca ouvimos falar. Ou ainda a nossa total impossibilidade de caminhar nas ruas — caminhar, simplesmente —, sem ter de receber, ou recusar, um folhetinho a cada esquina.

Estamos, o tempo todo, recebendo, por meios diversos, uma quantidade enorme de informações e ofertas que não pedimos. Acho isso um abuso, uma invasão — uma violação de direitos humanos.

Nossos nomes completos, endereços, telefones e e-mails estão por aí, disponíveis, em listas que são cedidas ou vendidas a quem interessar possa, para que as empresas nos venham oferecer seus produtos — sem ser convidadas. Cartões de crédito, revistas, serviços telefônicos, produtos de todo tipo nos são impostos e precisamos fazer um esforço enorme para fugir deles. Onde está nossa privacidade?

Sim, onde?

Mas, pensando bem, quem, hoje em dia, está interessado em privacidade? Se as pessoas se desnudam na internet, se exibem ao público seu cotidiano, fazem amor, entram em trabalho de parto, vão ao banheiro, tudo isso on-line, para quem quiser ver? Se são capazes de vender a alma ao demônio para aparecer um minuto que seja na mídia?

A própria sociedade em que vivemos incentiva essa promiscuidade, o fim dos limites, das paredes. O exibicionismo é a palavra de ordem. E não importa se eu, você e alguns poucos ainda prezamos a intimidade como algo só nosso. Nossa resistência é inútil.

Isso me faz lembrar o Grande Irmão, a câmera que, na fantasia futurista de George Orwell, espionava as pessoas, tomava conta da vida de todos, poderosa, onipresente e onisciente. Assim como no livro, nossas vidas não mais nos pertencem. Só que nós mesmos — a sociedade como um todo — somos os culpados.

O Grande Irmão somos nós.

A formiguinha

A mulher estava caminhando pelo jardim quando, ao dar um passo para subir uma pequena escada de pedra, viu a formiga.

Imediatamente, parou. Ela, que gostava de caminhar de vista baixa, olhando para o chão, percebia muitas coisas que outras pessoas não viam. As amigas brigavam, sempre. Diziam que era feio andar assim, olhando para baixo, que era deselegante, dava um ar de derrota e — o pior de tudo — aumentava as rugas do pescoço. Mas ela não ligava.

Quando caminhava na praia ou em volta da Lagoa, nos dias de semana, divertia-se observando os pares de tênis que passavam para lá e para cá, as pedras portuguesas, as marcas no asfalto. Certa vez, ao sair de manhã depois da chuva, parada à espera da abertura de um sinal, deparara-se de repente com uma imagem que era como um quadro: a tampa de um bueiro, onde a água empoçada faiscava, trazia, como uma legenda, a frase "Força e luz". Eram essas as pequenas delícias de andar de vista baixa, que a ajudavam a suportar as pressões do cotidiano.

Mas o que ela mais gostava era de fazer isso no jardim do sítio. Via universos inteiros ali. Observava as ranhuras das pedras, os pequenos tufos de vegetação que cresciam entre as frestas, como jardins minimalistas. Cada raminho de erva daninha, crescendo em meio à grama, era para ela um bonsai. Adorava apreciar aqueles objetos e criaturas, que lhe pareciam tão distantes da vida real, imersos num mundo feito de solidão e silêncio. Sentia-se transportada para outra dimensão.

E, agora, deparava-se com aquela formiga.

Não era um inseto qualquer. Embora seja sabido que as formigas são capazes de suportar pesos imensos, aquela era sem dúvida muito especial, pois levava nas costas uma folha de grama que se estendia em arco para muito além de seu corpo, como um penacho gigantesco. Era incrível, era quase impossível. A folha de grama, quase dez vezes maior do que a formiga, balançava a todo instante como se fosse cair, mas o inseto seguia com a maior bravura, levando nas costas seu estandarte improvável.

A mulher agachou-se para observar melhor. Durante muito tempo, acompanhou a luta da formiguinha, seu lento avançar pelo degrau de pedra. Nada parecia capaz de detê-la.

E a mulher suspirou, pensando em si própria. Também se sentia às vezes assim, carregando às costas um imenso fardo, muito maior do que ela. Sentia-se pressionada, cobrada, excessivamente necessária, como se fosse o centro, o eixo, a âncora, para tudo e todos à sua volta. O marido, os filhos, os pais, a casa, o trabalho, tudo. Para as mulheres de sua geração, a luta pela libertação resultara em novas responsabilidades, novos compromissos, que não substituíram os antigos, mas somaram-se a eles, criando jornadas duplas, triplas. O que fazer? A vida é assim mesmo, pensou. E sorriu, solidária, para a formiguinha. Eram da mesma raça.

Ruídos

Eu estava parada no sinal quando ouvi um ruído atrás de mim. Com os vidros fechados, não podia ter certeza, mas me parecia um tumulto, uma briga. Alguém xingando, falando alto, com grande irritação. Notei que, em volta, as pessoas nos outros carros ficaram imediatamente inquietas, olhando para um lado e para o outro em estado de alerta. Uma briga é sempre algo perigoso. Alguém pode se irritar, alguém pode perder a cabeça. E alguém pode ter uma arma.

Examinei minha situação. Havia um carro na minha frente e eu não teria como arrancar, nem que quisesse. Estava presa. Mas não sou de entrar em pânico. Olhei para trás, para os lados, para uma calçada e outra, imitando as pessoas nos carros em torno de mim, buscando a origem daquele som agressivo. Mas não via sinal de briga. Enquanto isso, os gritos continuavam, furiosos. E o sinal não abria.

Intrigada, decidi baixar o vidro, para tentar escutar melhor o que diziam. Queria saber logo o que era, acabar com aquela incerteza. E então, com o vidro aberto, pude afinal entender: num carro atrás do meu, um poderoso aparelho de som tocava música funk. Não havia briga alguma. Era música.

Música? Tornei a fechar o vidro e, dando de ombros, aumentei o volume do meu próprio som. Tudo bem, cada um ouve o que quer. O problema com certo tipo de música é que aqueles que gostam de ouvi-la fazem questão de dividir seu prazer com todo mundo. Hoje os sons são assim: propagados aos quatro ventos, para quem quer — e quem não quer — ouvir.

Lembro de que quando era criança eu adorava uma festa junina. Pois outro dia, estando à tarde em casa numa sexta-feira, e tendo um trabalho para entregar, quase fui à loucura com a gritaria de uma quadrilha que ensaiava numa escola em frente. Ora, festa junina e quadrilha sempre houve. O que não havia era um potente sistema de som para amplificar os "anarriês" por um raio de dezenas de metros.

Hoje, uma simples festa de criança, num playground, é capaz de fazer estremecer um quarteirão inteiro. E isso para não falar dos pequenos infernos nossos de cada dia, como o caminhão da pamonha, o carro do pão, o homem das verduras, a propaganda ambulante do pagode, todos com seus equipamentos potentes. Este é o problema. O Rio sempre teve uma tradição de mercadores e isso é maravilhoso. Mas a amplificação torna tudo invasivo, quase uma agressão.

Um amigo meu diz que a invenção do alto-falante foi um erro. Acho que ele está certo.

Será?

A mulher caminhava sempre pelo calçadão de Ipanema, todas as manhãs. Gostava de acordar bem cedo, antes das sete horas, e sair pelas ruas transversais, sentindo ainda a umidade da noite transpirar das árvores. Quando chegava ao quarteirão mais próximo da praia, deliciava-se em ver a luminosidade absurda que vinha do mar, as ilhas ao fundo, o sol rastejante que começava a encorpar-se, aquecendo as pedras portuguesas. Naquele dia, estava especialmente bem-disposta. Dormira cedo e acordara de uma noite sem sonhos, louca para respirar o ar da rua, a manhã luminosa.

    Saiu. Uma de suas distrações prediletas, ao caminhar, era pensar. Pensava muito. Pensava demais. Jamais aceitava a sugestão de amigos para caminhar com ela. Só gostava de andar sozinha. Porque, assim, podia dedicar-se de forma completa aos pensamentos que lhe brotavam do cérebro, como uma torrente. Colocava a vida inteira em ordem, dentro da cabeça, enquanto caminhava. Mesmo que depois nada saísse como esperava.

E foi assim naquele dia. Um pé depois do outro, os braços relaxados ao longo do corpo, o olhar preso em algum ponto do horizonte, lá se foi ela — pensando.

Pensou primeiro, sem qualquer razão aparente, numa amiga que não via desde pequena. Era uma menina franzina, de olhos imensos, que andava sempre de cabelos presos em tufos laterais, à maria-chiquinha. Mal acabou de pensar nisso e seus olhos focalizaram, poucos metros adiante, caminhando pela mão da mãe, uma menina de seus sete ou oito anos, muito parecida com a amiga de sua infância, como se ela se apresentasse ali, de repente, congelada no tempo. Sorriu, achando graça na coincidência. Ainda se virou para trás para espiar a menina e admirou-se ao notar que, também no andar, a semelhança era impressionante.

Seguiu em frente. Caminhou mais alguns passos e, distraída, deixou-se mergulhar outra vez nos devaneios. Por uma associação de ideias, pensou num professor de geografia que tivera em criança, na mesma época em que fora amiga da menina de maria-chiquinha. Era um homem um pouco arrogante, que gostava de falar difícil, usando palavras que as crianças em sala não conseguiam compreender. Mal a mulher pensou nele e foi sacudida pela força de uma frase, pronunciada aos gritos:

"...o mulatoide, com sua expressão patibular..."

Virou-se. Era um homem que ela acabara de ultrapassar e que, andando em direção contrária, falava sozinho, aos brados. Devia ser maluco. A mulher não conseguiu entender o significado da frase, porque ele se afastou a passos largos. Mas o curioso era que usara palavras rebuscadas, exatamente como o velho professor no qual a mulher acabara de pensar. Mais uma coincidência? Foi o que ela se perguntou, pensando, um segundo antes de erguer os olhos e ver os dizeres no para-choque de um caminhão que estava parado no sinal:

"Coincidências não existem."

Espelhos

Ela sofria daquilo que chamava, intimamente, de timidez patológica. Era capaz de falar sem parar entre amigos, mas, às vezes, diante de determinadas situações — emudecia. Quando viajava, por exemplo, não conseguia pegar o telefone e pedir alguma coisa ao serviço de quarto do hotel. Chegava a discar, mas sempre desligava. A voz simplesmente não saía. Era incapaz também de mandar voltar um prato num restaurante, caso viesse errado ou ruim. Certa vez chegara a se sentir culpada, pois provara um camarão que achara ruim e deixara a comida no prato, sem reclamar. Ante a interrogação do garçom, perguntando se não gostara, respondera apenas que não estava com fome. E depois ficara pensando que, ao agir assim, talvez estivesse contribuindo para que outra pessoa, depois dela, comesse o camarão estragado e até morresse. Enfim, sofria dessas impossibilidades.

E, talvez em consequência dessa estranha forma de timidez que a assolava, tinha outra característica, ainda mais poderosa e incontornável: o horror aos espelhos.

Detestava-os.

"Prefiro ir ao dentista do que ao cabeleireiro" — dissera um dia a uma amiga horrorizada.

De fato, cortar o cabelo para ela era uma tortura. Felizmente, usava um penteado de fio longo, que só precisava aparar uma ou duas vezes por ano. Mas, mesmo assim, era um sacrifício. Não podia imaginar nada pior do que ficar sentada, por um tempo sem conta, diante do espelho imenso do cabeleireiro, sob aquela luz cruel, devastadora, e ainda por cima enfrentando os olhares disfarçados das outras mulheres em volta. Sentia-se humilhada, invadida, sozinha, como um pedaço de carne pendurado na porta do açougue.

Mesmo em casa, quando não havia ninguém por perto, evitava olhar-se. Não entendia por que se sentia assim, mas agia como se um olhar mais demorado à própria imagem fosse algo impróprio, inconveniente — talvez até perigoso.

Até que, um dia, folheando uma revista, deu com uma reportagem sobre a crise econômica no Japão. Contava como muitos chefes de família japoneses, estando desempregados, vestiam-se de terno e gravata e saíam de casa todas as manhãs, sempre à mesma hora, fingindo ir para o trabalho, apenas para que suas famílias não fossem humilhadas pela vizinhança. A reportagem dizia também que, com a crise e o desemprego, ocorrera um aumento nos índices de suicídio no país. E que, por causa disso, a prefeitura de Tóquio mandara instalar espelhos nas estações do metrô, diante dos trilhos.

Espelhos.

Espelhos onde os homens viam a própria imagem, um segundo antes do gesto fatal, e que os faziam, às vezes, mudar de ideia. Para isso estavam ali.

Lendo aquilo, a mulher levantou-se. E, tomada por uma sensação estranha, caminhou até o banheiro. Pela primeira vez — em muito tempo — encarou a própria imagem, demoradamente. Talvez não devesse temê-los, afinal. Os espelhos podiam, um dia, salvar-lhe a vida.

Muito riso

Desde pequena ela era assim. Ria demais. A prima, que sempre passava as férias com ela no sítio em Araras, ficava boba de ver como a menina achava graça em tudo. Até evitava contar piadas, fazer gracejos, pois temia que ela acabasse passando mal de tanto rir. Era um riso descomunal, interminável, que a fazia atirar-se na cama, quase em convulsões. A mãe também se preocupava, ainda mais porque a garota era asmática e aqueles acessos de riso bem podiam transformar-se em crise.

    Uma noite, as duas primas, dormindo juntas, enroladas em seus cobertores para enfrentar o frio da serra, conversaram até bem tarde. Riram tanto, tanto, que no dia seguinte a menina amanheceu com os cantos dos lábios rachados, os maxilares doloridos. Ela era assim. Vivia rindo. De tudo. Adolescente, não mudou nada. Ria dos amigos, dos professores, dos namorados, de tudo o que falavam. Quando conversava ao telefone, ria tanto que a mãe se perguntava o que haveria de tão engraçado nos namoros dos jovens.

Adulta, ela continuou rindo. Virou professora e às vezes tinha dificuldade em controlar os alunos, justamente porque achava graça em tudo o que faziam. Um dia, uma de suas amigas ficou espantada ao ouvi-la contar, às gargalhadas, que acabara de receber a notícia da morte de uma tia. E o tempo foi passando. Com riso ou sem riso, os anos escoaram.

Um dia, a mesma amiga que no passado se espantara com a notícia de morte dada em meio a risadas comentou com ela que rir demais provocava rugas em volta dos olhos. Nunca tinha parado para pensar nisso. Olhou-se no espelho com atenção, observando os pequenos sulcos em redor dos olhos. Mal fizera 40 anos, mas, de fato, as rugas estavam lá. Aquilo a deixou agastada. Achou injusto que as pessoas alegres envelhecessem mais rápido.

Continuou rindo de tudo, é verdade, mas daquele dia em diante, passou a examinar as rugas do rosto quase diariamente. A cada dia elas pareciam aumentar. Agora, não eram apenas as marcas finas, em forma de leque, no canto dos olhos, mas também os sulcos em torno da boca, que se aprofundavam com uma rapidez espantosa. A própria boca, que rira tanto pela vida afora, parecia agora descaída. As faces murchavam, os olhos ficavam cada dia mais quebrados. Mesmo quando ria, mesmo quando gargalhava, seu rosto guardava uma expressão de tristeza, de derrota, que já não podia evitar.

E ela teve a certeza de que seu maior segredo seria, afinal, descoberto. Aquelas rugas não eram marcas comuns, da idade. Eram sua tristeza — sua imensa tristeza, escondida de todos com tanto afinco, pela vida inteira — que agora começava a aflorar. Sem remédio.

No aeroporto

Estava tomando café no aeroporto Santos Dumont com uma sensação de apocalipse na boca do estômago. Não sabia bem por quê. É verdade que eu tinha lido, ao acordar, uma notícia no jornal sobre a profecia de Nostradamus, segundo a qual o mundo ia-se acabar por aqueles dias. Verdade também que sempre tive medo de avião, mesmo de voos curtos, entre Rio e São Paulo, por exemplo. Verdade, ainda, que a cidade amanhecera envolta numa névoa tão baixa que eu tinha a impressão de poder cortá-la com faca, se quisesse. E, além da névoa, chuva. Claro que o aeroporto estava fechado. E claro que as pessoas andavam de um lado para o outro do saguão como feras enjauladas, gritando em seus celulares, enquanto outras tentavam falar nos orelhões, sem saber que para o sistema de telefonia do país o fim do mundo já tinha chegado.

Mas nada justificava a estranha sensação que me afligia. Suspirei. Tinha pedido um expresso com creme, que veio fumegante. O café me faria bem.

Mal tinha acabado de dar o primeiro gole, quando ouvi a voz do vendedor de bilhetes, fazendo seu pregão. Continuei tomando o café, sem me virar. Nunca dei sorte com loteria. Mas, de repente, quando estava bem atrás de mim, o vendedor disse:

— 1952!

Parei com a xícara no ar. Era o ano do meu nascimento. Estranho. Coincidência. Seria um aviso?

Bobagem. Mas que havia alguma coisa estranha acontecendo, havia. O dia parecia tocado pelo sopro do sobrenatural. E se eu comprasse o bilhete? Que nada. Dei outro gole no café, resistindo à tentação. Não olhei para trás.

Terminado o café, caminhei até a fileira de cadeiras, percebendo que um homem cheio de embrulhos se levantava. Pronto. Sentada, lendo o livro de Carlos Fuentes que carregava comigo, a espera seria fácil. Além do mais, do lado de fora, o tempo começava a clarear.

Os minutos se passaram enquanto eu, distraída, mergulhava através das fronteiras de cristal de Fuentes, esquecida do mundo. De repente, algo me chamou a atenção. Era a voz do vendedor de bilhetes outra vez.

— 1939. É a certa de hoje!

Silêncio.

— 1970 — insistia ele. Virei para trás e observei. Estava passando diante das pessoas sentadas. Vinha em minha direção. Baixei a vista, sem querer ser molestada. E o vendedor, ao passar bem diante de mim, disse:

— 1955.

Sorri, abraçada ao livro, compreendendo tudo. Ele observava as pessoas e, por seu aspecto, calculava num segundo o ano do nascimento. Assim, atraía a atenção do freguês. Doce malandragem carioca. Dei um suspiro, a sensação de sobrenatural se desvanecendo. O dia não seria tão mau assim. Afinal, entre o cafezinho e o saguão, eu tinha remoçado três anos.

As árvores

Era um homem que amava as árvores. Não plantas ou flores, mas árvores somente. Em suas caminhadas ao redor da Lagoa, mal olhava a paisagem. Para ele, o perfil azulado das montanhas, o espelho d'água duplicando os barcos, a vegetação de mangue com suas garças — nada existia. Só tinha olhos para as árvores.

Passava pelas pessoas sem vê-las. As formas humanas, com seus movimentos sempre apressados, exasperavam-no. Gostava da fixidez das árvores, de seu crescimento lento, de sua paciência. Concentrava-se nelas de maneira quase obsessiva: as amendoeiras, com suas folhas de múltiplos tons; os flamboyants, cujas folhas, rendadas, já guardavam, durante o resto do ano, um pouco da beleza das flores que um dia desabrochariam; e até as paineiras, cujos troncos, grossos e repletos de espinhos, abriam-se de repente na delicadeza de galhos finos, sustentando chumaços de algodão.

Sonhava em ir um dia à Nova Inglaterra, não para conhecer cidades, mas sim seus bosques. E que fosse em outubro, para ver a beleza das árvores tingindo-se de vermelho, laranja, ocre e amarelo, todos os matizes que tomam as florestas do hemisfério Norte no outono. É o tempo em que as árvores se despojam, se decompõem e — ao contrário dos humanos — se põem nuas para enfrentar o inverno. Era essa entrega, essa humildade que o fascinava.

E foi no que pensou quando, um dia, atravessando a Atlântica — fora de seu caminho habitual —, uma enorme árvore chamou sua atenção. Era estranha. Tão incomum que ele se perguntou como nunca havia reparado nela antes, mesmo passando pouco por ali. Tinha o tronco muito grosso e os galhos baixos, com sua folhagem espessa lembrando os do fícus, embora num tom ligeiramente mais escuro. Mas sua característica mais marcante era a de que crescera na horizontal. Vergada, com certeza, pelo vento do mar, quando ainda era apenas um arbusto, fora aos poucos se esquivando, se encurvando, e adulta se consolidara numa árvore acuada e fugidia. Parecia absurdo que seu tronco, agora forte e formado por grossos nós, permanecesse naquela posição, submisso diante da brisa impalpável.

E, olhando as próprias mãos, o homem refletiu por um instante. Observou os nós dos dedos, como galhos saindo de um tronco. E pensou no quanto ele próprio guardava, na pele, as marcas da humilhação. No quanto, por anos e anos, sofrera com a tirania do pai, que sobre ele soprara como um vendaval, exigindo do menino tímido, de gestos femininos, que fosse um homem. Pensou também em como resistira, em como se recusara a sucumbir, a desesperar. E, voltando a olhar a árvore, percebeu de repente que por trás daquela submissão havia a majestade da resistência. E concluiu que, afinal, ela se parecia um pouco com ele próprio. Vergado, sim — porém íntegro. E imenso em sua delicadeza.

As flores

Ontem, voltei a vê-lo. Elegante, como sempre, discreto em seu terno escuro, o colarinho branco impecavelmente limpo contrastando com a pele morena, a gravata-borboleta cor de sangue. Na cabeça pequena, os cabelos muito brancos, cortados baixinho. Nas mãos, morenas também, e um tanto calosas, a cesta de flores. Não trazia rosas coloridas dessa vez, apenas vermelhas. Cada uma delas envolta num pedaço de papel laminado, tendo junto ao cabo um raminho verde que me pareceu avenca.

O velhinho que vende flores.

Há muito não o via. Mas sempre que o encontro, devo confessar, renova-se o impacto. E dessa vez mais ainda — porque ele estava diferente. Assim que entrou no restaurante, notei-o muito circunspecto, mais do que de hábito, e vi que trazia nos olhos escuros uma chispa de tristeza. Fiquei olhando-o, enquanto oferecia suas flores, na varanda do restaurante. Uma mesa ruidosa, onde oito pessoas pareciam celebrar alguma coisa, ocupou-se dele por alguns instantes, as mulheres esticando os braços para tocar os botões, escolhendo os mais bonitos. Enquanto isso, o velhinho, que nessas horas costuma ser falante, estava mirando através do vidro da varanda, os olhos perdidos na noite.

Nesse instante, o garçom, meu conhecido — e que sabe do meu interesse por aquele vendedor de flores —, chegou a meu lado e disse:

— Está fazendo trinta anos hoje.

— É mesmo?

— É — respondeu o garçom, ele próprio um senhor, trabalhando naquele mesmo restaurante há mais de vinte anos.

— Como você sabe?

— Ele me disse, ontem. Às vezes conversa comigo. A senhora não notou como ele está estranho?

— É verdade — respondi, baixando a voz, porque o velhinho deixava a varanda e se aproximava de minha mesa. O garçom, discreto, se afastou.

Chegando junto a mim, o vendedor estendeu sua cesta, sem dizer palavra. Havia uma ponta de sorriso congelada em seu rosto, mas os olhos tinham um brilho insano. Ele me olhou como se me varasse. E compreendi que o garçom dissera a verdade. A história, eu já conhecia. Só não sabia que, naquela data exatamente, fazia trinta anos que acontecera. Aquele velho, um homem bem-nascido, que tinha posses, um dia, por ciúmes, matara a mulher que amava. Fora preso, cumprira pena e, ao sair da prisão, tornara-se vendedor de flores. Assim, expiava seu pecado.

Tirei uma rosa da cesta e ergui, com uma mesura, como quem faz um brinde.

— Às flores — disse.

E ele sorriu. Em sua loucura, ele sabia, tanto quanto eu, que as flores eram sua redenção.

Sete vidas

T. S. Eliot diz em um de seus poemas que um mistério ronda o nome dos gatos. Segundo o poeta, além daquele pelo qual atendem, os gatos têm ainda um outro nome, secreto, que só eles próprios conhecem e que nenhum ser humano poderá jamais adivinhar. Deve ser verdade, pois gatos são criaturas muito especiais e, por isso mesmo, cheias de segredos. Eu mesma acabo de descobrir mais um — um mistério que outro dia me foi revelado, por puro acaso.

    Estava eu passeando por entre as estantes de uma livraria quando, de repente, meus olhos pousaram sobre uma pilha de folhinhas temáticas, dessas de parede. Havia de tudo: uma folhinha com fotos de bebês, outra sobre design, uma com diferentes paisagens de Paris. E, finalmente, uma de gatos. Era uma das últimas da pilha e seu título me chamou a atenção: *I gatti di Roma*. Curiosa, tirei-a de sob a pilha. E imediatamente parei, como se sacudida por um choque. A capa exibia o pé gigantesco de uma estátua romana, o mármore marcado pelos sulcos do tempo, uma enorme rachadura quase decepando o segundo dedo. E, sobre esse dedo, deitado, porém com os olhos muito atentos para a câmera, um gato. Segurei a folhinha com as duas mãos, sem acreditar. Era ele. O gato da fotografia, que ali estava, deitado sobre uma estátua romana, não era um gato qualquer. Era o meu gato — morto no ano passado.

Não que fosse apenas parecido. Era igual. Como não reconhecer cada detalhe? Cada curva das listras que marcavam seu pelo rajado, os sinais escuros no focinho e em torno dos olhos, o formato das orelhas, a largura das patas, tão grandes já, para um corpo tão jovem — não faltava nada. E mais: o olhar. O olhar que me fitava de dentro daquela fotografia não era outro senão aquele que eu conhecia tão bem. Não podia haver dúvida. Era ele.

E foi assim que compreendi. É por isso que se diz que eles têm sete vidas. Quando os gatos morrem e desaparecem, na verdade ressurgem em outro lugar do mundo, instantaneamente. Lá, nesse outro lugar, o mesmo gato ressurgido, o mesmo "eu" felino, a mesma individualidade, viverá uma nova vida. E outras sucessivas, em outros lugares, até que se complete o ciclo de sete, ou até mais, porque na verdade tudo isso é um grande mistério. E, em cada lugar onde renascer, o mesmo gato será novamente ele próprio — exibindo o mesmo olhar, um perfil idêntico, um jeito igual de se esfregar contra as quinas dos móveis, tudo. Lá estará ela, outra vez, com a altivez de sempre, a mesma sutileza, a mesma meiguice, toda a ética e toda a dignidade que lhe foram peculiares na vida anterior, essa retidão que os gatos têm e que tem sido tão incompreendida ao longo dos séculos.

A descoberta me deixou feliz. Meu gatinho não morreu. Ele vive em Roma, agora. Corre solto por entre os velhos monumentos, galgando muros de hera. À tarde, deita-se ao sol sobre imensos blocos de mármore, rajado como seu pelo, e adormece ouvindo o murmúrio das fontes. Tem outro nome, é verdade. E desse nome nada sei, pois que, como já se disse, nomes de gatos são um mistério que nem os poetas conseguem desvendar. Mas isso não tem importância.

Coisa de louco

Falar sozinho era um velho hábito seu. Filho único, fora uma criança solitária e, desde pequeno, cultivara amigos imaginários. Já adulto, continuara travando longos diálogos consigo mesmo, chegando muitas vezes a empolgar-se, falando em voz alta, fazendo gestos, franzindo o cenho de indignação ou dando risadas. Considerava o chuveiro um bom lugar para conversas desse tipo. O barulho da água caindo abafava as palavras e, do lado de fora, ninguém podia ouvir o que ele estava dizendo.

    Mas não havia nada melhor do que falar sozinho no carro, dirigindo. Com o automóvel fechado e o ar-refrigerado ligado, a acústica era perfeita, podia ouvir o som da própria voz com toda a clareza. Mas uma coisa o afligia: a crença generalizada (e absurda, em sua opinião) de que falar sozinho é coisa de maluco. Ficava furioso toda vez que, em meio a uma deliciosa conversa ou a uma discussão acalorada — consigo mesmo, é claro —, era atrapalhado pela chegada de um estranho (sendo estranho, no caso, qualquer pessoa que não ele próprio).

De vez em quando, entrava no banho e esquecia-se de trancar a porta do banheiro. Então, geralmente, quando estava no meio de um gesto, tentando convencer seu interlocutor imaginário de alguma coisa importante, ouvia o som terrível da maçaneta. Era sua mulher, pedindo para dar uma entradinha. Ele disfarçava, pigarreava, esfregava a cabeça com vigor e abria mais o chuveiro, tentando deixar a intrusa na dúvida sobre se o que ouvira fora mesmo uma voz ou simplesmente o ruído da água. Em geral, a mulher entrava e saía do banheiro sem fazer perguntas. Mas aquelas interrupções o deixavam amargurado.

No carro, quando parava num sinal, era um problema: estava no meio de uma conversa solitária e, de repente, olhando para o lado, via a cara de espanto ou indignação do outro motorista. Com isso, precisava batucar no volante para disfarçar, fingindo estar cantando, o que considerava extremamente humilhante.

Até que, um dia, tudo isso mudou. Ele — assim como todas as pessoas que sempre falaram sozinhas — ganhou um álibi, uma desculpa, um poderoso aliado: o telefone celular. Todos os seus problemas foram resolvidos. Deixou de falar no chuveiro, é verdade, mas em compensação perdeu qualquer cerimônia na hora de conversar sozinho dentro do carro.

Agora, quando, no sinal, o motorista do lado o encara, fala ainda mais alto e com mais vigor, para não deixar dúvidas de que a conversa é pelo viva-voz — a coisa mais natural do mundo. E sua libertação definitiva se deu com a chegada dos celulares pequenos, que cabem no fundo da palma da mão, sem necessidade de se falar no bocal: agora, ele coloca a mão em concha junto ao ouvido e pronto, sai pelas ruas falando sozinho, feliz da vida. E quem vai poder dizer que ele é maluco?

Um dia comum

Apesar do frio, parecia um dia comum. Uma segunda-feira como qualquer outra. Amanhecera nublado, chovendo fino, é verdade. E há algo de diabólico nas segundas-feiras de chuva. Mas, fora isso, parecia mesmo um dia qualquer. A paisagem diante de sua janela era uma só massa esbranquiçada, onde janelas turvas pareciam querer proteger as casas do frio que fazia lá fora. Os morros dormiam ainda, como envoltos em paina, e nem os pássaros matinais pareciam dispostos a cruzar o céu naquela manhã de preguiça.

Mas logo a névoa matinal se esgarçou um pouco e você se apressou, pois já se atrasara — como acontece em qualquer segunda-feira.

Quando chegou à rua, viu que o frio continuava. E apressou ainda mais o passo, fechando o casaco de náilon em torno do corpo. Enquanto você caminhava, evitando as poças d'água, ouvia o ressoar dos próprios sapatos na calçada de pedras portuguesas. É estranho o Rio com frio, pensou. É estranho ver uma cidade tão colorida e luminosa vestir-se de repente de cinza, fechar-se em casacos, em braços cruzados, em ombros encolhidos e olhares baixos. É verdade. Sempre andamos de vista baixa quando caminhamos no frio. E foi assim, olhando para o chão, que você o viu.

A princípio, pensou que fosse um monte de lixo. Era um volume irregular, coberto por papelões e por um pedaço de plástico preto, muito sujo. Estava atrás de um canteiro, junto a um muro de pedras, onde não havia marquise, nem portas. Você já ia passando pelo amontoado de sacos e talvez nem o notasse se não tivesse sido colhido por aquele olhar. Um olhar fulminante. Um olhar pedinte, brilho vivo que se cravou em você como duas brasas negras, parecendo querer saltar de dentro do corpo decrépito.

Você estacou, o coração subitamente acelerado. Olhou mais atentamente. Viu um pedaço do rosto. Entendeu que era um velho. Pensou em dizer alguma coisa, mas calou-se. E logo se refez, virando o rosto. Lembrou-se de como já era tarde e seguiu em frente, fechando ainda mais o casaco, no frio que apertava.

Voltou a ouvir o ressoar dos sapatos na calçada. Voltou a observar os próprios pés, driblando as poças. Voltou a pensar no Rio, no frio, no dia que começava.

Mas já não era a mesma pessoa.

Você mal o vira. Fora apenas um olhar, um segundo. Mas, naquele instante, estabelecera-se entre vocês um contato mudo, um mútuo entendimento. E agora você levaria consigo, colado às retinas, o olhar de súplica daquele velho mendigo — pelo resto do dia. Um dia comum.

Estranho mundo

É um fim de tarde. Nem está escuro ainda, pois nestes dias de primavera já começa a anoitecer mais lentamente. Mas como a rua por onde você caminha, de volta para casa, é muito arborizada, há, senão escuro, sombras. Sombras que as copas das árvores deitam sobre a calçada de pedras portuguesas, fazendo com que a noite chegue um pouco mais depressa. É uma rua transversal, aquela que você atravessa, e não muito movimentada. Você vai distraído, assobiando baixinho uma melodia que se funde ao ruído dos pardais, recolhendo-se nos galhos das amendoeiras. Não há ninguém à vista, nem mesmo os porteiros, alguns deles seus conhecidos, que costumam sair à calçada para ver a noite cair.

De repente, em algum nível de sua consciência, você ouve um som. Um barulho indistinto, mas que logo toma corpo — cresce. São risadas. Vêm de trás de você. E se aproximam. Tudo isso aconteceu numa fração mínima de tempo. Tempo em que você esteve, ainda, mergulhado em seus pensamentos, entretido com o próprio assobio, com a agitação dos passarinhos nas árvores. O som das risadas, vindo de trás de você, chegava a seus ouvidos, mas parecia esbarrar em seu cérebro embotado, que divagava longe dali. Até que, por fim, a ideia daquele som materializa-se dentro de sua mente e, cristalizada, vira algo real. Você pisca os olhos, inquieto, pondo-se imediatamente em alerta. Numa rua deserta, ao cair da tarde, um grupo de pivetes. Vão cercá-lo, vão pedir dinheiro e, se você não der, poderão talvez assaltá-lo. Instintivamente, você apressa o passo. E só então olha para trás.

No mesmo segundo sorri, aliviado. Eram apenas crianças brincando. Um grupo de meninos de dez ou doze anos, um deles com uma bola de futebol debaixo do braço, a caminho de um folguedo qualquer. Novamente assobiando, você segue em frente, os ombros outra vez relaxados. Vai para casa.

Chegando, você vai direto para o banho, como de costume. Mas, assim como aconteceu há pouco com aquele som de risadas, há qualquer coisa lhe roçando a consciência de leve, batendo muito devagar, mas batendo. E de repente as coisas se clareiam. No momento em que se olha no espelho — vendo o próprio rosto através da névoa morna que sai do chuveiro quente — você sente vergonha. Sim, vergonha. O sentimento lhe surge puro, sem meios-tons, embora você demore algum tempo até entender por quê. Mas afinal percebe. É vergonha por pertencer a um mundo assim estranho, de valores tão tremendamente distorcidos, onde os adultos aprenderam a ter medo das crianças. Porque se, ao ouvir às nossas costas um alarido infantil, o que sentimos é medo — isso é sinal de que alguma coisa está profundamente errada com todos nós.

Raízes

Diante da minha janela havia uma pedra.
    Não, não vou fazer imitação de poesia. Nada tem de poética a história que vou contar. A pedra de que falo é na verdade uma imensa pedreira, de topo liso, coberto em alguns pontos pela vegetação rasteira, uma espécie de enclave rural em pleno Leblon, onde às vezes cabras pastavam e onde um galo alucinado insistia em cantar na hora errada, no início da madrugada. Era o lugar ideal para, nas tardes de domingo, uma menina se deitar, sentindo nas costas o calor do sol retido pela pedra, enquanto olhava as pipas agitando-se no ar. Eu ia com meu irmão e seus amigos, quando eles subiam lá para soltar pipa. São só lembranças. Essa pedra não existe mais. Ou pelo menos não existe assim, como a descrevo agora, a pedra da minha infância. Hoje, é uma pedra nua — morta.
    Sua base ainda está lá e servirá, pelo que sei, de fundação para um shopping. Mas a superfície foi toda raspada, a vegetação desapareceu, a pedreira foi rebaixada em quatro ou cinco metros, retalhada durante

dois anos por uma orquestra de britadeiras, e nela já foram erguidos os primeiros andares do que será um estacionamento.

Assim que começaram a destruir a pedreira, pensei com alarme numa pequena árvore, uma muda de amendoeira cujo crescimento árduo eu vinha acompanhando havia anos. A árvore crescera numa das laterais da pedra e seu tronco se encorpava, equilibrando-se de forma improvável no paredão íngreme. Eu admirava sua bravura, tirando seiva de um lugar onde não havia terra, fazendo um esforço enorme para crescer numa ranhura mínima que encontrara. E caminhei um dia até o local onde ela crescia, para ver se, com as obras que tinham começado, a pequena árvore sobreviveria. Mas cheguei tarde demais. Só encontrei o tronco, decepado. Em torno, as raízes, que por anos se haviam agarrado à pedra com tanto esforço, agora condenadas a secar, inúteis.

O tempo passou. E eu não pensei mais no assunto. Até que, outro dia, assistindo a um documentário sobre os talibãs, vi uma inglesa de origem afegã mostrando a foto de um jardim onde brincava na infância e que fora destruído pela guerra civil. O documentário, feito antes da guerra com os Estados Unidos, fora gravado em solo afegão, e a moça conseguira chegar ao local do tal jardim. Mas não encontrou nada. A comparação com a fotografia que trazia nas mãos era chocante. Todo o verde havia desaparecido. No meio de um descampado monocromático, restara apenas o círculo de pedra de uma velha fonte, seca. E a única coisa que não mudara na paisagem eram as montanhas, ao fundo, testemunhas da devastação que — hoje sabemos — estava apenas no princípio.

Aquela mulher e seu jardim desaparecido me fizeram pensar na pequena amendoeira que crescera na pedra e que também fora decepada. E, com isso em mente, voltei ao ponto do paredão onde ela um dia se agarrara. Com surpresa, descobri que das raízes deixadas na pedra surgiam brotos, com folhas de um verde limpo.

A amendoeira teimava em renascer — como talvez fizesse o jardim afegão —, apesar da fúria dos homens.

Noite feliz

Chega de tristeza, pensa a mulher, fechando o jornal que tem nas mãos. Chega de melancolia.

É Natal, sim, e daí? Tem gente que acha essa época de festas meio deprimente. Que sente um nó na garganta só de ouvir uma dessas canções falando de um Papai Noel que nunca vem. É verdade, tem muita gente assim. Parece que é contagiante. Até os escritores, os articulistas, os cronistas se deixam às vezes sucumbir. Como essa moça que escreve aos domingos, na revista. Ela parece que anda meio triste ultimamente. Tem escrito umas histórias sobre jardins que secaram, sobre mulheres que esperam em vão seus homens nas tardes quietas dos subúrbios.

A mulher se levanta, respirando fundo. Com ela, não. Com ela vai ser diferente. Não pode negar que, de vez em quando, também sente a melancolia chegando, de mansinho, infiltrando-se por seus poros, encharcando-a como se fosse água. Mas resiste. Resistiu a vida toda. Por que agora, que já passou dos 50, seria diferente?

Quando era garota, era mais difícil. Ninguém na sua casa gostava de Natal. A avó, viúva, era uma mulher amarga, ensimesmada. E para a mãe, abandonada pelo marido ainda jovem, a época das festas era sal na ferida sempre aberta. Já ela, desde menina, lutava sozinha para fazer da véspera de Natal uma noite feliz, como dizia a música. Quase nunca conseguia. Lembrava-se bem do ano em que resolvera chamar amigos e vizinhos para a ceia em sua casa. Era adolescente nessa época. Tomara todas as providências, comprara tudo, arrumara a árvore. Chegara ao extremo capricho de embrulhar os presentes — coisas pequenas, baratas, pois o orçamento não era lá essas coisas — em papel celofane colorido, amarrados com fitas. Papel celofane verde e fitas vermelhas para os homens, papel celofane vermelho e fitas verdes para as mulheres. Ficara uma beleza. Mas tudo em vão. Na hora da ceia, a mãe desatara a chorar, estragando a alegria da festa. Sempre fora assim. Ela lutando para ter um Natal alegre, o mundo parecendo conspirar para entristecê-la.

De repente, a mulher olha na direção da cozinha, com um sobressalto. Está na hora de regar o peru! Aliás, já deve estar quase pronto. Quando é pequeno, ele assa rápido. Claro, comprou um pequeno. Afinal, é só ela, o filho e a nora. Mas não faz mal. Quando é pequeno, pega melhor o tempero, fica até mais gostoso. Que importa? Que importa, também, se terá de comer bem cedo, sem muita fome, porque o filho precisa sair correndo para a ceia de Natal na casa da sogra? Que importa depois ficar sozinha, se terá a doce companhia da gatinha, que se espreguiçará em seu colo enquanto ela estiver assistindo aos especiais da televisão?

Não importa. Mais uma vez tem certeza de que vai dar tudo certo. Sempre foi assim. Sempre acreditou. Não é agora que vai ser diferente. Sabe que — aconteça o que acontecer — a noite de Natal será uma noite feliz.

A cor do cosmo

Um dia, há muitos e muitos anos, no século passado, houve um homem que se meteu dentro de uma cápsula pouco maior do que uma geladeira e se lançou no espaço. Foi pioneiro ao fazer isso e, assim sendo, entrou para a História. Mas, mais do que um nome, Yuri Gagarin deixou para trás sua marca: a frase que proferiu quando se tornou o primeiro homem a ter de nosso planeta uma visão externa. Vendo-nos lá de fora, disse: "A Terra é azul."

"A Terra é azul", repetimos, tentando acreditar. Assim passamos as últimas décadas do século XX e entramos pelo século seguinte: tentando acreditar que a Terra é azul. Fica difícil, às vezes. Principalmente agora que surgiram relatos de astronautas dizendo que, visto lá de cima, o azul está cada vez mais pálido, cada vez mais desbotado e cinzento, por causa da poluição ou do buraco na camada de ozônio, não sei bem.

Foi, portanto, com curiosidade que outro dia, folheando os jornais, dei com a notícia de que tinham descoberto a cor do universo. A combinação da luz de todas as estrelas, feita por dois astrônomos americanos, tinha resultado num verde pálido, batizado por eles de verde cósmico. É a cor que enxergaríamos, se pudéssemos olhar todas as estrelas de uma só vez. Uma cor, inclusive, que vem mudando com o tempo e que vai ajudar os cientistas a entender melhor a evolução do cosmo.

E assim, se havia dúvida sobre o tom azul da Terra, pelo menos agora fica estabelecido: o universo é verde.

Mas desta vez eu acredito. Não tenho a menor dúvida de que os astrônomos acertaram. Eles próprios reconhecem que se surpreenderam ao descobrir que o universo é verde-água — já que não há estrelas verdes —, mas para mim não foi surpresa alguma. Li que a cor é uma mistura de 0,269 de vermelho, 0,388 de verde e 0,342 de azul e que os dois cientistas, para chegar ao tom exato, precisaram combinar a luz de mais de 200 mil galáxias, algumas a até 2 bilhões de anos-luz de distância da Terra. Coitados, tiveram um trabalho danado. Mal sabem eles que não precisavam de nada disso. Poderiam ter falado comigo, me perguntado.

Reconheci de imediato aquele verde ao vê-lo estampado no jornal, a mistura suave de turquesa e água-marinha, o tom que antes eu tinha visto apenas em um lugar. Guardo comigo em casa uma amostra perfeita, de nuance e matiz exatos, da cor do cosmo. É verdade. Os cientistas não sabem, ninguém imagina, mas eu posso provar: o universo é exatamente da cor dos olhos da minha gata Colette.

Burro sem rabo

Eu estava do outro lado da rua quando ele apareceu, virando a esquina. Andava sem aparentar muito esforço, empurrando por cima da calçada seu carrinho repleto de pedaços de madeira, papelões e caixas, numa pilha imensa, amarrada com capricho. Era forte e ágil, apesar da idade, e chamava a atenção pelo contraste entre a cabeça branca e a força que parecia ter nos braços. Era o que no Rio, desde os tempos antigos, se chama de burro sem rabo.

Sempre que vejo um deles passando na rua, paro e observo. Eles me fascinam. Há uma grandeza nesse trabalho bruto, na humildade desses homens que andam encurvados, puxando ou empurrando seus carrinhos, usando o corpo como instrumento de força.

Outro dia, folheando um livro com fotografias de Marc Ferrez, tiradas no século XIX, parei numa página dupla, com uma imagem captada em 1899. Era uma foto da antiga Estação D. Pedro II, com sua esplanada de paralelepípedos, cheia de gente. A legenda dizia que ali, parados diante da estação, estavam exemplos de todos os tipos de transporte da época: o landau, a vitória, o carroção, o tílburi, o bonde puxado a burro, o carrinho de mão. Observei melhor a foto. O tal carrinho de mão era um burro sem rabo. O mesmo pranchão de madeira sobre uma estrutura de ferro, os mesmos puxadores, as duas rodas. Olhando-o assim, ninguém diria que, de todos aqueles meios de transporte, seria o único a continuar circulando depois que o relógio dos séculos virasse duas vezes.

Foi pensando nisso que continuei ali, do outro lado da rua, observando o burro sem rabo que passava na calçada. De repente, ele parou. Parou com um tranco. A roda do carrinho parecia ter esbarrado em alguma coisa. Eu, que observava à distância, percebi que era um desnível da calçada, cujo cimento fora talvez deslocado por uma raiz. Mas o homem, com a visão toldada pela enorme pilha de papel e madeira, não conseguia ver o que se passava. Tentou e tentou, deu marcha à ré, forçou várias vezes — e nada. Comecei a ficar aflita. O carrinho estava empacado.

Só depois de muito esforço, ele conseguiu ir em frente — para meu alívio. Mas não tinha andado nem vinte metros quando parou de novo, dessa vez num trecho onde a calçada se alargava, sob uma árvore centenária. Cheguei a pensar que as rodas do carrinho estivessem novamente presas, mas logo vi que não. O homem remexeu no bolso e dele tirou um saco plástico. No mesmo instante, foi cercado por dezenas de rolinhas.

A cena me enterneceu. Ele jogava milho para elas. Talvez o fizesse sempre que passava por ali, porque as rolinhas pareciam conhecê-lo, cercando-o, quase vindo comer em sua mão. Quando o homem se pôs novamente em marcha, elas se alvoroçaram, como se pedindo mais.

E lá se foi o burro sem rabo, empurrando seu carrinho imenso, os passarinhos voejando em torno. Parecia o final de um filme de Carlitos.

A menina

Fechando a porta com cuidado, como lhe fora recomendado pelos pais, a menina guardou a chave no bolso da bermuda, para entregar na recepção do hotel. O pai e a mãe tinham ido na frente para pegar uma mesa boa, com vista para o mar, que era a melhor maneira de se tomar café da manhã. Estavam acostumados com a lentidão da filha. Ela era uma menina meio desligada, vivia no mundo da lua. Em vez de ficar insistindo e brigando o tempo todo, tinham decidido deixá-la fazer as coisas a seu modo.

    O hotel em que estavam tinha apartamentos avarandados, de onde se podia ouvir o barulho das ondas batendo na areia, incessantemente. O saguão principal era uma gigantesca cabana de sapê, sem paredes, portas nem janelas, sustentada por imensas colunas e tendo no alto claraboias de vidro que faziam o lugar parecer sempre ensolarado, mesmo quando chovia. Havia também gramados, quadras e até uma piscina, onde as crianças se divertiam em meio a muita barulheira, mas nesses jogos a menina não tomava parte. Só gostava de brincar sozinha.

E era sozinha que ela andava agora pelo corredor entre a ala dos quartos e o saguão principal. Andava devagar, como sempre. E, também como sempre, com ar distraído.

Mas no que pensava a menina? Pensava nos besouros que encontraria pelo caminho. Os pais não poderiam supor, mas era por isso que todas as manhãs ela pedia que eles fossem na frente. Para poder salvar os besouros.

O corredor que levava dos quartos ao saguão era aberto, tinha apenas uma meia-parede, que dava para o jardim. Ali viviam insetos de todos os tipos, como acontece em qualquer jardim e, entre eles, uns besouros muito pretos, redondos e luzidios que, à noite, por algum motivo, voavam às cegas e acabavam estatelados no chão de lajota, com as patinhas para cima. Como tinham o casco muito redondo, não conseguiam desvirar-se e, não conseguindo, acabavam morrendo.

Logo no primeiro dia, a menina vira aquilo e ficara indócil. Tinha, desde muito pequena, um amor desmedido pelos animais, o que incluía até os insetos mais esquisitos. Quando ia ao cinema, podia aguentar as cenas mais tristes, contanto que no filme não morresse nenhum animalzinho. Isso era, para ela, insuportável. Na estrada, viajando de carro com os pais, andava no banco de trás olhando para o céu, com medo de ver algum cachorro morto no acostamento. Como poderia então suportar a agonia daqueles besouros?

Desvirar os insetos dava um trabalho danado. Eram muitos. A menina ia de um em um, com uma folha seca ou um pedaço de papel na mão, tomando cuidado para não assustá-los demais. Alguns eram tão bobos que esperneavam de susto, com medo dela, e acabavam tornando tudo mais difícil. Mas, no fim, valia a pena. Porque os besouros salvos lhe deixavam uma certeza que nem sempre sentia quando estava entre os humanos: a de que era uma menina feliz.

Sobrevivente

Estava procurando vaga numa rua transversal do Leblon quando passei pela frente do prédio. Era um daqueles edifícios pequenos, de três ou quatro andares, tão típicos desse bairro, mas não pude observá-lo direito, pois havia um carro atrás do meu. Vi apenas que estava todo descascado, quase em ruínas. Na certa, seria derrubado para que em seu lugar surgisse um prédio mais alto e mais moderno. "Lá se vai mais um", pensei — e segui.

    Sou dessas pessoas que torcem pelos prédios pequenos. São, em geral, construções com fachadas arredondadas, meio art déco, frisos de cimento e portas de ferro e vidro, no alto de dois ou três degraus. Têm às vezes um jardim na frente, mas quase nunca têm garagem — e isso é o que os condenou. Em compensação, esses prédios têm dimensão humana, as janelas do térreo ou mesmo do primeiro andar ficam ao alcance de um grito e delas se pode conversar com um amigo ou ouvir o canto dos passarinhos que os porteiros insistem em engaiolar. Os prédios novos, não. Têm tantos andares de garagem que o primeiro apartamento fica lá em cima, o que às vezes dá à fachada a aparência de Ministério da Indústria e do Comércio.

Repito: torço pelos prédios pequenos. Eles me fazem lembrar um Leblon que conheci em criança, quando o bairro ainda estava cheio de terrenos baldios. Num deles, na frente de onde eu morava, na Ataulfo de Paiva, de vez em quando armavam um circo. Íamos até lá, eu e meu irmão, de mãos dadas com a babá. Eram dias terríveis para mim, devo confessar, pois sempre tive horror a circo. Mas hoje relembro aqueles picadeiros com ternura, porque eram armados num lugar tão improvável.

E foi divagando sobre essas coisas que afinal parei o carro (o carro, que é o culpado de tudo), na praia, depois de dar a volta no quarteirão. Saltei e voltei a passar — agora a pé — pela mesma rua, pelo mesmo prédio em ruínas. E foi então que vi, por trás de um tapume imundo, um apartamento habitado. Parei, surpresa.

Ainda havia alguém morando ali.

Um teimoso. Alguém que na certa resistia a duras penas. Alguém que por isso pagava um preço, o de viver cercado de lixo, num prédio abandonado. Curioso que o apartamento habitado, em contraste com o edifício em ruínas, exibisse muito capricho. Uma varandinha pintada de novo, numa cor moderna (salmão), com uma rede pendurada. Um quadro na parede, enfeitando a nesga de apartamento que eu conseguia enxergar da rua.

Mais do que um teimoso, havia ali um sobrevivente.

E, de repente, me veio à mente a frase emprestada de Euclides da Cunha: o acossado pela especulação imobiliária é, antes de tudo, um forte.

O anjo do Maracanã

Hoje não tem jogo no Maracanã.
    Se o Fluminense tivesse passado às finais, à tarde o estádio estaria repleto, colorido de verde e grená, salpicado também de preto e branco, porque o jogo seria na certa Fluminense e Santos. Mas não. Hoje não vai haver ninguém nas arquibancadas, o gramado estará vazio, o anel de cimento da geral mergulhado no mais absoluto silêncio.
    Houve um domingo, um domingo em especial, há muitos anos, em que o Maracanã se pintou de verde e grená, de preto e branco. Era o dia 27 de junho de 1971 e eu, mocinha, estava lá, no meio de mais de cem mil pessoas. Era uma final de campeonato e jogavam Fluminense e Botafogo. Mas não me lembro do jogo. Naquela época, tinha dificuldade em acompanhar as jogadas com o estádio cheio. Ficava o tempo todo distraída, olhando o movimento da multidão, seu rugido e poder, ouvindo os cantos de guerra, observando o colorido vaporoso das bandeiras. E foi assim que, aos 43 minutos do segundo tempo, nem vi quando a bola entrou. Um a zero Fluminense, o gol do campeonato. Dizem que

houve falta, que o gol não valeu. Eu não vi nada. Lembro vagamente do estrondo, do grito imenso, dos pulos e abraços. Mas há uma imagem que guardei comigo, esta com nitidez impressionante. Enquanto todos comemoravam, avistei, alguns metros abaixo de mim, andando de um lado para o outro na arquibancada, um homem, gordinho e careca, enrolado numa bandeira. Estava coberto de talco da cabeça aos pés, mas o que nele me chamou a atenção foi a expressão de fervor. Chorava, soluçava mesmo. E seus olhos úmidos pareciam dois cristais cravados naquela face de pedra, em cujo branco as lágrimas abriam caminhos, como veios.

Nunca mais esqueci aquele rosto.

Muitos anos depois, eu o revi na televisão. Só então fiquei sabendo que era um tricolor folclórico, de nome singelo, bem brasileiro — Guilhermino Santos —, cujo apelido era o Careca do Talco, porque sempre se cobria de talco e pó de arroz para ir ao Maracanã. Achei graça, relembrando sua expressão apaixonada, que vira um dia. Mas, na semana passada, justo no dia seguinte à vitória sobre o Corinthians no primeiro jogo, li a notícia triste nos jornais: Guilhermino morreu, vítima de um derrame, aos 68 anos.

Desde então, tenho pensado nele.

Hoje mais do que nunca, ao imaginar o Maracanã vazio. Quase posso vê-lo flutuando pelas arquibancadas, um doce fantasma que escolheu vagar pelo lugar que tanto amou, onde sofreu e foi feliz.

Talvez agora, em dias de estádio vazio como hoje, alguém tenha uma visão de sua figura incorpórea, flanando em meio a uma nuvem de talco, a uma névoa de pó de arroz, um tanto etérea e embaçada, como costumam ser as visões. Um anjo *flou*. Um anjo Flu.

Na Glória

Outro dia, saindo de um sebo de livros na rua do Catete, decidi ir caminhando até a Lapa, para almoçar em algum daqueles simpáticos restaurantes ao redor dos Arcos. Com essa decisão, tive a oportunidade de andar a pé pela Glória, coisa que nunca faço.

    Depois de cruzar a rua Bento Lisboa, segui pela calçada da esquerda e, logo depois de avistar o relógio da Glória, passei pela frente do prédio onde morou Pedro Nava — e em cuja porta, atravessado nos degraus da entrada, dormia profundamente um mendigo. Enquanto andava, observava à minha direita, para além da pista de carros, a beleza degradada da mureta que antigamente dava para o mar e pensava num Rio cheio de lampiões antigos, chafarizes e jardins parisienses. Mas logo sacudi aqueles pensamentos de passado, evocando um exemplo de Rio eterno e maravilhoso: a lembrança de que ali, sob a sombra das árvores seculares que formam uma cobertura filigranada, realiza-se nos fins de semana uma simpática feira onde um grupo toca chorinho entre legumes, verduras e flores. Nada mais carioca.

Segui em frente. Mas, apesar de todo o charme, a decadência da região ia me saltando aos olhos à medida que eu andava. Nas portarias dos prédios antigos, que na certa escondem aqueles lindos apartamentos de pé-direito alto e salões com arcadas, eu via o mármore já gasto, os apliques de bronze comidos pelo tempo, as fachadas repletas de pichações. É pena. Mas, ainda uma vez, procurei me concentrar na beleza — inegável — daquele bairro tão cheio de História e histórias.

Até que, a uma certa altura, naquela mesma calçada, passei diante de um chafariz antigo, completamente abandonado. Parei. Os tanques de pedra, secos, estavam cheios de lixo até a boca, a imundície chegando a tal ponto que era quase impossível divisar o chafariz em meio ao monturo. À frente das paredes de granito, imensamente gastas e imundas, camelôs vendiam bugigangas, balas e chicletes em duas carrocinhas improvisadas. Por trás do que restava do antigo chafariz, um pedaço de morro, com um resto de vegetação, era a lembrança pálida de um tempo em que certamente por ali descera um curso de água límpida, que se acumulava nos bojos dos tanques, onde era colhida pelas mucamas. Que o chafariz não mais servisse a tais propósitos, até porque felizmente já não há mucamas e a água nos chega agora pelas torneiras, é mais do que compreensível — é lógico. Mas que pelo menos se preservasse melhor aquele monumento de pedra, testemunha do passado num país que sabidamente não tem memória.

Dando de ombros, dei mais uns passos para me afastar dali, tentando outra vez me concentrar nas belezas do caminho — que no Rio, apesar de tudo, são sempre inúmeras —, quando na parede junto ao chafariz vi uma velha placa de bronze, tão negra de fuligem que mal se podia ler sua inscrição. Cheguei mais perto e não pude deixar de rir quando, apertando os olhos, consegui afinal constatar a suprema ironia do que ali estava escrito: Patrimônio Histórico Nacional.

Civilização

Há alguns dias, li que no Jóquei Clube do Rio alguém mandou fechar com tapumes um porão, deixando gatos presos lá dentro. Emparedados, condenados a morrer de fome e sede — como numa história de terror de Edgar Allan Poe. Uma crueldade inominável, inconcebível. Como foi denunciada pela imprensa, quero acreditar que tudo se tenha resolvido da melhor forma. Mas o simples fato de uma coisa assim ter acontecido, ainda que por algumas horas, me deixa estarrecida.

Nunca pude tolerar maldade com animais. E entre todos os bichos, o gato tem sido um dos mais maltratados pelo homem. Associado ao mal, ao demônio, ele é tachado de egoísta, interesseiro e frio, sendo sempre representado nas histórias como vilão.

A má vontade talvez se explique pela dificuldade que as pessoas têm de compreender os gatos (aquelas, é claro, que ainda não tiveram o privilégio de conviver com eles). Sim, porque eles são animais sofisticados, complexos, tendo características que podem ser facilmente mal-

-interpretadas. Altivez e dignidade, por exemplo, são confundidas com egoísmo. Franqueza, com frieza.

O gato é sempre verdadeiro. Se vem no seu colo é porque quer estar ali, não está fazendo isso para agradá-lo. Os momentos de carinho que ele oferece podem ser talvez em menor quantidade, ou menos ostensivos, mas não se deve nunca duvidar de que sejam genuínos. Um gato não faz concessões. Um gato está inteiro em tudo o que faz, até nos gestos mais simples. Por isso é capaz de passar do sono profundo ao mais completo estado de alerta. Um gato é talvez a criatura mais íntegra que existe. E também a mais livre. Tamanha liberdade e integridade, num ser dito irracional, pode incomodar algumas pessoas.

Conviver com um gato — aliás, com qualquer animal — é uma coisa que traz lições para o homem. Os animais têm, às vezes, a capacidade de nos desarmar, de nos desconcertar, de nos fazer crianças — e isso é muito bom. Temos muito que aprender com eles. O amor e o respeito aos animais deveria ser algo aprendido na escola, como parte do currículo oficial. Quem viaja à Europa, por exemplo, e visita países como a França, a Inglaterra ou a Itália, vê como os animais — e em particular os gatos — são respeitados. É muito difícil ver cães e gatos abandonados pelas ruas, magros, imundos, revirando lixo em busca de comida, como é tão comum por aqui.

A crueldade contra bichos indefesos é uma marca dos povos bárbaros. E o grau de civilização de um povo se mede, entre outras coisas, pelo tratamento que ele dá aos animais.

Miniatura

Sentindo o sol arder na nuca, o menino inclinou-se. Fincou as mãos na areia e abriu bem os olhos para observar melhor aquilo que via.

A planície lunar, silenciosa, se estendia à sua frente.

O solo estéril, intocado pelo homem, de uma areia fina, compacta, parecendo cinza de vulcão. E as rochas, de tamanho e formato diversos, de diferentes matizes de cinza — cinza, mais uma vez. Não havia cor naquele cenário, cuja quietude parecia o prenúncio de uma aventura, como se a qualquer momento fosse surgir diante dos olhos do menino o fogo propulsor do módulo lunar, fazendo-o descer lentamente com suas pernas de aranha. Quando tocasse a superfície árida, a pequena nave faria subir uma nuvem de poeira. E pouco depois os homenzinhos prateados, com suas imensas cabeças de vidro, sairiam saltitando, deixando pegadas listradas no pó cinzento.

O menino sorriu, erguendo o rosto. Só então olhou em torno, voltando ao planeta Terra — seu planeta. O mundo real. Era bonito, também, mas ali tudo lhe parecia grande demais. Na areia rosada que se estendia em curva até a outra ponta, havia pouca gente àquela hora. Mas no mar, batido por um vento que abria no azul pequenas cicatrizes de espuma, muitos surfistas já navegavam as ondas. E três ou quatro velas coloridas de windsurfe se enfunavam contra o vento. O menino tornou a baixar a vista, voltando a seu mundo em miniatura.

Pensou de repente no avô. Era um homem engraçado. Muito falante, gostava de contar histórias. Mas não coisas de criança e sim histórias da História, que tinham acontecido de verdade, sobre guerras e reinados e disputas de poder. Coisas do mundo dos homens. Outro dia mesmo ele dissera uma frase engraçada. Que a História era como a vista cansada. Quanto mais se afasta, melhor se consegue enxergar. O menino não entendera direito, mas ficara com aquilo na cabeça. Era inteligente, seu avô. Gostava dele. Mas não sabia se concordava com isso de se enxergar melhor à distância. Com ele, era diferente. Quando olhava as coisas de perto, via muito. Via coisas que ninguém mais via, coisas para as quais ninguém mais parecia dar importância. Pequenos mundos em miniatura — como a superfície lunar que acabara de descobrir no canto da praia.

Tornou a baixar os olhos. No pequeno recanto entre as pedras, que o mar só alcançava em dia de ressaca, a natureza formara um pedaço da superfície da lua, miniatura perfeita, como um cenário de filme. E o menino sorriu, satisfeito. Gostava de seus pequenos mundos, distantes da Terra dos homens, com suas guerras, seus ódios, seus horrores. Os cenários em miniatura que enxergava, estes sim, eram seu reinado. Como aquele à sua frente — o mundo da lua.

Síndrome do claustro

Era a primeira vez que eu entrava naquele sebo na rua Joaquim Silva, na Lapa. Subi as escadas do velho casarão e comecei a passear por entre as estantes empoeiradas com aquela sensação de sempre — a de estar entre amigos. Não necessariamente amigos encarnados, mas sim cercada dos doces fantasmas que habitam essas livrarias. Porque, na hipótese de haver vida depois da morte, tenho certeza de que é nos sebos que a alma dos escritores vaga pela eternidade. Quase posso sentir seus espectros esvoaçando a cada velho livro aberto, tenho mesmo a impressão de ouvir o chiado de seus corpos translúcidos em contato com as estantes, as paredes.

  E foi precisamente envolta nessa sensação de contato com os fantasmas dos escritores que reencontrei um deles. Num livro, é claro. Lá estava, na terceira estante, de baixo para cima. Meus olhos pousaram na lombada e reconheci de imediato o título. *O escafandro e a borboleta*. Um título um tanto estranho, devo admitir. Já o conhecia, embora não soubesse que tinha chegado a ser traduzido no Brasil. Tirei o livro da estante e comecei a folheá-lo. A primeira coisa que vi foi a foto do autor, na orelha. E foi como se seu fantasma sorrisse para mim.

Seu nome é Jean-Dominique Bauby. Um jornalista (como eu), nascido em 1952 (como eu). O livro conta sua história. Um homem comum, que trabalhava na revista *Elle* francesa e que um dia, ao ir buscar o filho na casa da ex-mulher para passar com ele o fim de semana, teve um derrame cerebral que o deixou paralisado. Mais do que isso. Deixou-o completamente paralisado, sem conseguir mover um músculo do corpo, embora continuasse consciente, lúcido. É o que alguns cientistas chamam de "síndrome do claustro". Uma pessoa aprisionada dentro do próprio corpo. Foi o que aconteceu com Bauby — exceto por um detalhe: ele conseguia mover um dos olhos. E foi com esse piscar de olho, com a ajuda de uma enfermeira que lhe apontava as letras do alfabeto (ele piscava na hora da letra escolhida) que Bauby pôde dar seu testemunho. E escreveu, letra por letra, piscadela por piscadela, ao longo de vários meses, seu livro *O escafandro e a borboleta*. A borboleta é seu espírito, sua mente. E o escafandro é o corpo que o mantém aprisionado.

Tinha ouvido falar de sua história, mas jamais vira o livro até tê-lo nas mãos naquele dia, no sebo. E agora olhava para a foto de Bauby, para o sorriso simpático daquele francês nascido no mesmo ano que eu, tentando imaginar por onde andaria seu fantasma. Sim, porque o livro não diz, mas eu sei (porque na época do lançamento a história saiu na imprensa): uma semana depois de terminar o livro, Bauby morreu. Sua missão estava cumprida.

A vida real é, às vezes, muito maior do que a ficção.

Gato e sapato

Tenho pensado muito nele, nesse meu amigo. Certas pessoas são assim, muito tempo depois de mortas, continuam conosco, nos fazem companhia. É o que acontece com esse meu amigo. Olho para algum objeto, ouço uma música — e imediatamente penso nele. É quase como se estivéssemos juntos outra vez, dando risada. Porque dávamos muitas risadas. Ele era muito, muito engraçado. E era também uma pessoa sutil, de uma delicadeza rara. Talvez por isso os gatos gostassem dele.

    Todas as vezes que ele ia a minha casa, a primeira coisa que fazia era tirar os sapatos para que minha gata se deitasse neles. Não sei se eram sempre os mesmos sapatos (provavelmente não), mas o fato é que minha gata era apaixonada pelos sapatos dele. Isso não acontecia com mais ninguém, só com esse meu amigo. Assim que ele entrava lá em casa e botava os sapatos a um canto, a gata se chegava, cheirava-os, depois começava a se esfregar e terminava por dormir abraçada com eles. Nós dávamos risada. Nós sempre ríamos muito.

Talvez a gata percebesse, através de seus sapatos, a delicadeza que havia em meu amigo, essa sutileza de que já falei. Meu amigo tinha uma suavidade de gestos que os gatos sempre apreciam. Os gatos gostam de pessoas que falam baixo. Gostam de pessoas caladas, calmas. Os gatos são, eles próprios, extremamente sutis.

Por exemplo: vocês não vão acreditar, mas eu tenho outra gata (esta mora no meu escritório) que adora João Gilberto. Eu própria custei a crer, no começo. Estava um dia sentada no computador, trabalhando, e botei para tocar um disco do João, aquele gravado em Tóquio. A gatinha veio, subiu no balcão onde fica o computador e ficou imóvel, prestando uma atenção enorme. Achei engraçado, mas não liguei. Aí, no dia seguinte, aconteceu de novo. E de novo. Toda vez que eu botava um disco dele para tocar, ela vinha para perto das caixas de som e ficava sentada, paradinha, ouvindo. Até que não tive mais dúvida e concluí: minha gata gosta de João Gilberto.

Mas eu sei por quê. É pela mesma razão que a outra gata se sentia atraída pelos sapatos do meu amigo. É por causa da delicadeza.

Delicadeza, vocês lembram? Isso que anda tão em falta em nosso mundo, este mundo de cantores que cantam xingando, de baixarias expostas na televisão como postas de carne no açougue, de jornais que estampam corpos mutilados em suas páginas para nos fazer companhia no café da manhã.

Ainda bem que existem os gatos e o João. E ainda bem que, apesar de tudo, a delicadeza insiste em sobreviver dentro de nós.

Três cenas

Outro dia, folheando os jornais, dei com um anúncio de aparelho de DVD, que apresentava sobre uma mesa um boné de lã, um par de óculos e um joguinho qualquer, supostamente pertencentes a um velho. Não lembro bem como era o texto do anúncio, mas sei que era um convite para que aquele senhor largasse seu jogo e fosse assistir a um filme no aparelho de DVD. Ou seja, o anúncio partia do princípio de que, de um velho, espera-se apenas uma vida passiva, dentro de quatro paredes, jogando ou vendo TV. Aí me vieram à mente três cenas que presenciei recentemente.

Cena 1: Domingo de chuva, muita chuva. O calçadão de Ipanema e Leblon fechado, inutilmente. Ninguém passeando, ninguém. Mas, de repente, através da água que escorre pelo vidro do carro, vislumbro uma figura solitária. Sozinho de pé, no meio do asfalto da rua interditada, está um homem velho, sem camisa, fazendo embaixada. Levemente curvado para melhor se dedicar à tarefa de manter a bola flutuando no ar, ele tem as costas nuas expostas à chuva. Só então o reconheço. É aquele mesmo senhor que costuma fazer embaixada no gramado do Maracanã, antes de começarem as partidas de futebol. Só que agora está ali, sozinho, no meio da chuva. Mas esta não o intimida. Ao contrário, parece divertir-se. E faz aquilo por puro prazer, não se importando em não ter público. Joga para si próprio, feliz da vida. Como um menino.

Cena 2: Dia de semana, meio de tarde. Dia nublado, muito calor. Sempre nas minhas andanças de carro, estou engarrafada na avenida Atlântica, ali na altura do Posto Seis. Com o trânsito parado e estando eu na pista junto ao canteiro central, vejo que estou parada bem em frente àquela grande tenda onde grupos de senhores e senhoras se reúnem para jogar. Lá estão eles, parecendo muito concentrados. Nem parecem ligar para o calor. De repente, um deles faz um gesto qualquer — talvez arriando uma canastra real — e se joga para trás numa boa gargalhada. Nessa hora, o trânsito anda. E eu vou embora pensando: como se divertem esses velhinhos do Posto Seis.

Cena 3: Sábado de sol, dia lindo, nem uma nuvem. O cenário é o mesmo da cena 1, só que com toda a luminosidade de um dia ensolarado de outono no Rio. Desta vez estou a pé. E vejo o Moraes, o velho vendedor de sorvetes, atravessando a rua com sua carrocinha. Cumprimenta um freguês, responde alguma coisa, abre o maior sorriso. Também parece contente, também parece menino. Dá a impressão de que vender sorvete é para ele pura diversão.

Não sei, não. Mas acho que quem fez o tal anúncio não conhece os velhinhos do Rio.

O palavrão

A primeira vez em que aquilo me chocou foi no trânsito. Estava dirigindo, parada num sinal, talvez. Não lembro onde. Era uma avenida larga, coberta pela copa das amendoeiras, mas isso pode ser em inúmeros lugares do Rio. Ocorre que à minha frente, naquele sinal, havia um ônibus. Na traseira do ônibus, um anúncio. E, no centro desse anúncio, em letras gigantescas — um palavrão. O mais comum deles, de apenas cinco letras, o mais banalizado, quase transformado em interjeição — mas, ainda assim, um palavrao.

Ao lê-lo, com aquelas letras enormes, tive um pequeno sobressalto, aquilo me incomodou. Foi como se alguém me xingasse.

Não que a sensação tivesse algo de incomum. Isso, não. Somos agredidos de forma quase permanente, se não por palavrões, pelo menos por gritos (nos anúncios da televisão), por atitudes invasivas (nos infernais telefonemas oferecendo produtos), por imagens chocantes (como nas fotos de cadáveres que agora preenchem as páginas dos jornais e revistas sem qualquer pudor). Por tudo e em tudo. Até pela arte. Em todas as manifestações de arte existe a chamada estética do horror. Nela, a sensação que se quer provocar não é de beleza e sim de repulsa.

Enfim, tudo isso é mais do que sabido.

Mas, ainda assim, parada no sinal, as mãos sobre o volante, aquele palavrão me chocou. Sim, sem dúvida, era como se estivesse sendo dito para mim. Eu, que até falo palavrão de vez em quando, mas que acho difícil escrevê-los. Sempre admirei em Nelson Rodrigues sua capacidade de descrever as cenas mais sórdidas sem usar o recurso do palavrão.

E enquanto pensava essas coisas eu me dei conta — ou me lembrei — de que aquilo na traseira do ônibus era na verdade o título de um livro. Há nas livrarias atualmente pelo menos dois outros livros incluindo palavrões em seus títulos, palavrões até mais agressivos do que aquele que eu estava vendo.

Talvez seja uma nova tendência, pensei. Como os livros sem título na capa ou como as capas não figurativas, mostrando apenas "texturas". Tendência ou não, palavrões em capas de livros — e consequentemente estampados em letras imensas em anúncios pela cidade — são parte dessa realidade agressiva que nos cerca.

Talvez seja ingenuidade minha, não sei. Mas fiquei triste.

É que para mim o livro era o último espaço da delicadeza.

As amigas

Eram duas amigas — uma feia, outra bonita. Amigas mesmo, desde pequenas. E também, desde pequenas, com aquelas características: uma feia, a outra bonita. Há uma crença de que nas diferentes idades a beleza se alterna com a feiura (bebê bonito, criança feia, adulto bonito ou, ao contrário, bebê feio, criança bonita, adulto feio), mas no caso delas isso não aconteceu. Houve uma coerência. A feia foi feia sempre. Muito magra, de cabelos pretos, sobrancelhas grossas demais, quase formando um urubu que lhe sobrevoasse os olhos, nariz grande, boca como um traço. E a outra era o oposto. Sempre bonita, desde bebê. Cabelos castanho-claros, com um toque de cobre que cintilava ao sol. O rosto de um oval perfeito. Olhos quase negros contrastando com uma pele clara, sem qualquer sinal, e lábios grossos e vermelhos que pareciam desenhados com lápis de cor.

    Brincavam juntas, desde muito pequenas, pois eram vizinhas. Era interessante vê-las de mãos dadas, correndo pela grama, subindo e descendo dos bancos, com seus vestidos rodados, a menina feia e a menina bonita. Numa, o que primeiro chamava a atenção eram as sobrancelhas cerradas, que lhe pesavam a fisionomia. Na outra, a leveza dos cabelos avermelhados, flutuando.

O tempo passou. Elas cresceram. Sempre assim, uma feia, outra bonita. E amigas. Sempre amigas. Presentes em todos os acontecimentos importantes da vida de cada uma. Não posso dizer que foram ao casamento de uma e outra porque uma delas, a bonita, nunca se casou. Mas teve grandes paixões. E um filho. A feia se casou duas vezes e teve três filhos, duas meninas e um menino. E o tempo continuou passando.

Até que um dia — de repente, de uma hora para outra — envelheceram. Parece mentira, mas as pessoas envelhecem assim. Principalmente as mulheres. Um dia, você acorda e vê uma nova marca no seu rosto. Não estava ontem, você tem certeza. Mas hoje está. Com elas, não foi diferente.

Uma tarde, tendo ido ao centro da cidade para fazer compras, as duas amigas decidiram tomar um chá na Confeitaria Colombo. E foi ali, sentadas diante de um daqueles espelhos centenários, que as duas de repente se olharam e viram que tinham envelhecido. Lá estavam. Duas senhoras. E, incrível, na velhice, tinham ficado parecidas. Continuaram se olhando em silêncio por alguns segundos. "A idade nivela tudo, iguala feias e bonitas", pensou uma delas. E a outra, como se lesse seus pensamentos, completou:

— A velhice é democrática.

Viajante

Lá está ela.

Vergada, sim — mas soberba. O cabelo branco preso num coque no alto da cabeça, o corpo muito magro apoiado na bengala. Parada junto ao meio-fio, do outro lado da rua, prepara-se para atravessar.

Eu a vejo de longe, mas sua presença se impõe. O vestido é simples, de algodão, talvez, um corte reto, sem mangas, sem bolsos. Os sapatos, um mocassim preto, de gáspea alta, pesado, mas firme, talvez pela necessidade de um bom apoio para pés tão incertos, tão cansados. Na mão direita, a bengala; na esquerda, uma sacola de plástico, de supermercado. Tudo muito prosaico, simples, e, no entanto, há uma aura de majestade ali.

Agora, o sinal abriu. E ela começa a atravessar.

Da outra calçada, parada, observo. Ela desce o meio-fio com um passo leve, incerto, quase etéreo. Começo a me preocupar. Sei que aquele sinal é um sinal de pedestre e, como vivemos sob a tirania do automóvel, ele abre e fecha muito rápido. Os carros não podem esperar. Não vai dar tempo, penso. Mas a mulher não parece se importar.

Um passo depois do outro, lá vai ela, com todo o vagar do mundo, apoiando-se em sua bengala. E o sinal começa a piscar, anunciando que o tempo do ser humano se esgota, que este precisa abrir caminho para a máquina.

Estremeço, pensando: preciso fazer alguma coisa. Mas não faço. Continuo imóvel, pregada ao chão.

Pronto. O sinal fechou. E ela ainda está no meio da rua. Mas nenhum carro avança, parecem contidos pela realeza da mulher. E ela segue, sem apressar o passo, sem olhar para os lados, sem temor algum. Parece maior do que todos nós, do que o mundo inteiro, parece nos falar de uma outra maneira de viver, mais amena, mais gentil. Viajante do tempo, é como se caminhasse por uma Ipanema de setenta anos atrás.

Só quando afinal sobe na calçada do outro lado, só então, os automóveis arrancam. E eu a vejo afastar-se, no mesmo e imperturbável passo.

Talvez eu devesse ter ido ao seu encontro, tentado ajudar. Mas não pude. Sua dignidade, tamanha, me intimidou. E fiquei ali, imóvel, esmagada pela imponência daquela mulher-navio que, impávida e majestosa, singrava o tempo.

Assombrações

ASCHIDIOZYS

O elevador

Sempre adorei histórias de assombração. Não histórias óbvias de fantasmas agressivos ou mesmo de vampiros, com banho de sangue, explosões e gritaria. Mas sim aquelas de um terror sutil, abstrato, impalpável, que nos deixam na dúvida, sem saber se ali há mesmo algo sobrenatural, desconhecido, ou se tudo não passou de alucinação ou coincidência. Quando era criança, costumava sentar à noite na sala do nosso sítio, para ouvir os casos assombrados que minha avó contava. Eu adorava. E nunca tive medo. Ouvia aquelas histórias — muitas delas apresentadas como verdadeiras — com toda a atenção, mas jamais com temor e sim com excitação e delícia. Nem mesmo depois, já deitada na cama, sozinha no escuro, a memória das assombrações me voltava com sobressalto.

Mas, agora, tantos anos passados, sinto que isso está mudando. Estou começando a sentir medo. E, mais: devo confessar que o temor começou justamente depois que passei a escrever minhas próprias histórias de terror.

Não sei bem como se deu essa transformação. Talvez tenha sido por causa de alguns depoimentos que li, de autores dizendo que escrever é, por si só, uma coisa meio mal-assombrada e que muitas vezes aquilo que botamos no papel acontece. O escritor americano Paul Auster contou numa entrevista que passou meses escrevendo sobre muros em seu romance *A música do acaso* e que, no dia em que botou o ponto final, caiu o Muro de Berlim. "Toda vez que penso nisso, fico arrepiado", disse. A valer essa lógica, precisamos tomar cuidado. Se o que escrevemos pode acontecer, é bom não mexermos muito com o desconhecido — pois ele pode aparecer de repente, diante de nós.

Foi o que aconteceu comigo.

Passo os dias trabalhando sozinha num pequeno estúdio, que fica num prédio antigo, em Ipanema. É um prédio calmo, com pouco movimento, e muitas vezes volto para casa tarde, quando todos já estão recolhidos e os corredores, desertos. Foi o que aconteceu naquela noite. Tinha passado o dia escrevendo um conto assombrado, que se passa num elevador. Não estava nem pensando no assunto mas, ao chegar ao hall e apertar o botão para chamar o elevador, é claro que me lembrei da história. Dei uma risadinha, mas não pude evitar uma olhada em torno, escrutinando o hall, longo e silencioso. Depois, voltei os olhos para o mostrador luminoso acima da porta do elevador, para ver se ele estava vindo. Vi que estava parado no nono andar. Achei estranho que, àquela hora, o elevador não estivesse no térreo e, ao apertar novamente o botão, sentia-me inquieta. Voltei a olhar para o pequeno algarismo vermelho, aceso no mostrador: 9. E só então descobri que estava com medo.

Ainda demorei alguns segundos para entender a razão, mas, quando isso aconteceu, foi com um choque: meu prédio só tem oito andares.

Nem pensei duas vezes. Disparei pelas escadas.

Passos

Não que eu desejasse sua morte. Não, não, de jeito algum. Apenas queria que ela dormisse. Explico: há mais de vinte anos morando no mesmo lugar, tenho por vizinha uma mulher insone, que passa as noites caminhando. Eu própria tendo um sono muito leve, aquele caminhar permanente — madrugada adentro, noite após noite — é um tormento para mim. A horas altas, acordo ouvindo passos. Estremeço. E, no silêncio, me pergunto: para onde será que ela vai? Que lugar ermo é esse que a mulher solitária busca de forma incessante, entre as quatro paredes de seu apartamento?

    Porque a verdade é que, quando começa a andar, ela não para mais. Como se buscasse algo esquecido nos recônditos de sua memória, ou de seus armários, segue de um lado para outro com passos firmes, determinados — mas que parecem nunca levar a lugar algum. E a madrugada se esvai nesse caminhar sem fim, para mim e para ela.

    Às vezes, tenho pena. Sei que ninguém tem culpa por não conseguir dormir. Mas o fato é que ela podia, ao menos, parar um pouco, olhar a paisagem da janela, ler, ligar a televisão. Ou podia, ainda, usar um chinelinho de pano e não aquele de salto, tec-tec-tec a noite toda nos tacos do chão. E mais: num gesto de deferência, num aceno de paz, ela podia ao menos mandar acarpetar o apartamento! Mas não. Nunca fez nada disso. Por todas as noites, nesses mais de vinte anos, ela caminhou — e só. De dia, reina a mais absoluta quietude em seu apartamento. Nunca a vejo sair. Pouco sei sobre ela, nem lembro bem como é seu rosto. Conheço apenas seus passos, que assombram minhas noites. Mais nada.

Mas agora devo confessar uma coisa a vocês: estou narrando no tempo verbal errado. Porque a verdade é que tudo está terminado. Há pouco, no fim da tarde, chegando do trabalho, dei com o pedaço de papel pregado na parede do elevador. O enterro foi hoje, às cinco da tarde. Não, não, por favor, não me interpretem mal! Eu jamais desejei que ela morresse. Sabia que era uma mulher de mais de 70 anos, de saúde frágil, com certeza minada pelas noites insones. Mas, repito, não desejei sua morte, jamais. Queria apenas que ela dormisse.

E agora quem vai dormir sou eu. Dormir! Uma noite inteira, como não faço há décadas. Preparei tudo para esta ocasião especial. Tirei do armário meus lençóis de cetim. Tomei um banho de banheira e me perfumei com a água-de-colônia alemã, a verdadeira, que tem efeito calmante. Vesti minha melhor camisola de seda e, depois do jantar, bebi um cálice de vinho do Porto. E agora estou aqui, pronta. Mas, antes de apagar a luz, queria dizer ainda uma vez que estou celebrando meu sono, não a morte dela. Não me entendam mal.

Apago a luz. E, no mesmo segundo, antes mesmo que a escuridão me envolva por completo, ouço — com toda a força e nitidez — o som de passos no andar de cima.

As gravuras

Quando saltou do carro, diante do casarão, a mulher se entusiasmou. Estava certa de que faria um bom negócio. Dona de antiquário, acostumada a comprar coisas antigas, tinha uma intuição que lhe fazia farejar, à distância, os locais onde encontraria coisas interessantes. O anúncio falava em móveis e gravuras de moda, mas era a respeito das gravuras que estava curiosa. E a fachada da casa, em frente ao cais da Urca, prometia. Era um daqueles casarões neoclássicos, parecendo um palacete francês à beira mar, com muros baixos e um jardim delicado na frente. Quem quer que tivesse morado ali, tinha bom gosto.

Entrou pelo pequeno portão de ferro, que estava apenas encostado, e tocou. Uma senhora distinta, sem dúvida a governanta, veio atender. Como já tinham acertado a visita por telefone, foi logo a conduzindo à saleta onde estavam as gravuras. A mulher ficou encantada. Havia desenhos de todos os tipos e tamanhos, alguns em álbuns, alguns soltos, outros emoldurados e dispostos pelas paredes, mostrando a moda na virada do século. Por toda parte, mulheres sorridentes exibiam suas anquinhas, seus vestidos cintados, seus chapéus extravagantes.

— São lindas — disse a mulher após algum tempo. — Vou ficar com o lote todo. Quantas são?

A governanta olhou-a, parecendo indecisa. Demorou um pouco a responder:

— São... 150.

— Ótimo — disse a mulher. — E como faço para acertar os detalhes? A dona da casa...

— A dona da casa morreu — disse a governanta, rápido. — É a filha dela que está vendendo tudo. A senhora pode ligar para esse telefone aqui.

A mulher agradeceu, tomando o cartão com o telefone, mas continuou encarando a governanta. Tinha a impressão de que ela queria lhe dizer alguma coisa.

— A senhora... a senhora não gostaria de levar também algum móvel? — disse a governanta de repente, em tom casual. Mas seu olhar traía algo mais. Parecia aflita. — Essa cadeira, por exemplo.

Só então a mulher reparou na bela cadeira de espaldar alto, com assento de palhinha, atrás da mesa com as gravuras.

— Era aí que minha patroa gostava de se sentar, todos os dias, para apreciar a coleção. Fez isso durante anos, até o dia de sua morte — disse a governanta. E, depois de vacilar um pouco, continuou: — A senhora talvez não acredite em mim, mas... todos os dias, de tardinha, quando estou fechando as janelas da casa, eu a vejo. Sentada nessa cadeira, olhando os desenhos.

A mulher abriu a boca, mas não chegou a dizer nada. E a governanta completou, com ar cândido:

— Eu, se fosse a senhora, comprava a cadeira também. Talvez, assim, minha patroa possa continuar junto das gravuras de que tanto gostava...

Presente

Minha avó fez aniversário outro dia — 97 anos. Está lúcida, ainda, mas um pouco desanimada, com um olhar meio perdido, um ar de cansaço. Sempre sentada em sua cadeira, as mãos repousando sobre o colo, não parece fixar-se em nada. Olha para a televisão sem muito interesse, ouve nossa conversa e dá um sorriso mínimo, como se o fizesse apenas por delicadeza. Sempre que vou visitá-la, tento puxar conversa, mas ela responde apenas com monossílabos. É frustrante. No dia de seu aniversário não foi muito diferente. Estava toda arrumada, os cabelos muito alvos e finos presos atrás, num coque, mas seu olhar guardava o mesmo embotamento que já me acostumei a ver, um olhar sem brilho, quase sem vida.

    Ao vê-la, pensei instantaneamente na avó de meu tempo de menina, quando ela era ainda uma senhora corpulenta, os cabelos começando a embranquecer. Naquela época, ela adorava contar histórias — histórias assombradas. As noites no sítio, principalmente as noites de chuva — e chovia muito à noite, porque era sempre verão na minha infância —, eram passadas assim: nós, as crianças, sentadas em torno dela, no sofá que ficava perto da janela, e ela contando, contando. Tinha um jeito especial para prender nossa atenção.

E agora, décadas depois, ela estava ali, tão quieta, me olhando com seu quase sorriso. Eu mexia as mãos, na cadeira a seu lado, sorrindo de volta para ela, mas sem saber o que dizer ou fazer. Até que de repente me veio uma ideia.

Decidi fazer o que ela fazia quando eu era criança. Decidi contar--lhe uma história. Talvez assim conseguisse prender-lhe a atenção. E não seria uma história qualquer. Seria o tipo de história de que ela mais gostava e que é também meu tipo predileto: uma história de assombração.

Comecei. Escolhi justamente uma história que ela adorava me contar quando eu era criança e da qual, com certeza, já não se lembrava. Era um caso que me assustava especialmente, porque minha avó garantia ter acontecido de verdade. Continuei. Fui contando aos poucos, criando um clima de suspense, dando detalhes, fazendo ruídos. E, de repente, bem diante de meus olhos, a transformação aconteceu. Os olhos, aqueles olhos antes tão turvos, estavam agora muito abertos, brilhantes e atentos, as pequenas íris negras fazendo movimentos quase imperceptíveis, como se acompanhassem a trajetória das palavras no ar. A boca, antes entreaberta no sorriso vazio, estava agora crispada, em atenção. Ela não perdia nada do que eu dizia. Pela primeira vez, em muitos anos, seu rosto, ainda que descarnado, reassumia a expressão que eu conhecera tão bem, em outros tempos.

Eu conseguira. Quarenta anos depois, dera de volta para ela toda a emoção com que ela permeava as noites de chuva da minha infância. Era — para nós duas — o melhor presente de aniversário.

A história

Era um casal jovem, ainda, nessa época. Não tinham filhos. Ele, médico do Exército, fora transferido para aquela pequena cidade da fronteira, onde deveria servir por alguns anos. Ela o acompanhara. Alugaram uma casa boa, de dois andares, com tábuas corridas no chão e forro no teto, providenciais para enfrentar o rigoroso inverno do Sul. Estranharam que o aluguel fosse tão barato, mas não deram ouvidos para os rumores de que a casa estava fechada havia vários anos.

  Logo na primeira noite, estavam no quarto, preparando-se para dormir, quando ouviram um ruído estranho no andar de baixo. Da primeira vez, apenas o homem ouviu. Ou pelo menos foi ele que ergueu o rosto. E logo o ruído se repetiu. Agora a mulher também ficou atenta. Mas não encarou o marido. Apenas permaneceu alerta, as mãos que dobravam roupas brancas subitamente paradas no ar. O ruído aconteceu pela terceira vez. Só então se encolheram. Sem nem perceber o que fazia, a mulher deu alguns passos em direção ao marido, que se voltava para a porta. Passaram-se muitos segundos, a casa muda.

O homem voltou a virar-se para a mulher e já abria a boca para dizer alguma coisa quando o ruído aconteceu pela quarta vez, agora mais forte. Com dois ou três passos, a mulher estava abraçada ao marido, como a querer retê-lo, evitar que fosse lá embaixo ver o que era. Mas ele parecia tão paralisado quanto ela. Já não fazia menção de mover-se em direção à porta. Aquele som os congelara, aos dois, em seus lugares, porque havia nele qualquer coisa de incomum — de sobrenatural. Mas foi só quando ele ressoou mais uma vez que o casal percebeu, com absoluta clareza, que se tratava de uma chicotada.

O som fino de um açoite, seu assobio cortando o ar quase como um grito, seguindo-se o estalo estridente no chão de madeira. E agora outra vez, e mais uma. As chicotadas repetiam-se num ritmo cada vez mais rápido e se antes pareciam ressoar na sala, lá embaixo, agora explodiam na escada, chegando cada vez mais perto.

Marido e mulher abraçaram-se com toda a força, de olhos fechados, ambos. E foi assim, cingindo-se com braços trêmulos, que ouviram o chicote ir subindo as escadas — até retinir dentro do quarto. Continuaram imóveis. Abraçados, os rostos enterrados um no outro, rezando baixinho. Enquanto isso, as chibatadas estalavam sem piedade à sua volta, formando em torno deles um círculo de pavor.

Foi só muito depois — eles não saberiam dizer quanto tempo — que o som cessou e a casa voltou a respirar em silêncio. Quando a mulher ergueu afinal o rosto do peito do marido, foi para dizer, num murmúrio quase inaudível:

— É preciso mandar rezar.

Obs.: Para quem leu meu conto anterior, essa é a história que minha avó me contava quando eu era criança e que outro dia narrei para ela, numa inversão de papéis. Ela sempre me garantiu que aconteceu de verdade, com seus sogros. Será? Não sei. O que importa é que essa história fez renascer o brilho nos olhos de minha avó.

O quinto andar

Era uma servente muito disciplinada. Tudo o que lhe mandavam fazer, fazia. Tinha consciência de que a vida não estava fácil. Para que arrumar problema? Desemprego, crise. Era preciso estar atenta. Fazia de tudo na universidade: varria as salas, espanava as mesas, as estantes, limpava os livros da biblioteca. E desempenhava também as funções de copeira, servindo água e café na reitoria.

    Naquela manhã, acabava de sair da sala dos professores, no terceiro andar, e caminhava pelo corredor a fim de voltar ao térreo, onde ficava o depósito com os produtos de limpeza. Fazia frio e os corredores estavam mais sombrios do que nunca, com suas paredes de tijolos quase que inteiramente cobertas por quadros de aviso, cartazes e pichações. Já estava quase diante da escada quando ouviu um ruído atrás de si. Voltou-se e deu com uma mulher muito séria, toda vestida de escuro, a roupa abotoada até o pescoço. Concluiu que era uma professora, embora não a conhecesse. Com um cumprimento de cabeça, a mulher aproximou-se da servente e apontou para uma bandeja contendo uma jarra d'água e vários copos vazios, que estava sobre uma mesinha no corredor.

— Leve isto ao auditório do quinto andar — disse, quase num sussurro.

A servente, acostumada que era a obedecer, fez uma mesura e, pegando a bandeja, se dirigiu à escada. Quando pisou o primeiro degrau, por alguma razão virou-se, mas deu com o corredor vazio. A professora já não estava lá. Dando de ombros, começou a subir.

Galgou os dois lances sem esforço, apenas tendo cuidado para não derramar a água, que enchia a jarra até a borda. Mas assim que chegou ao quinto andar, deu-se conta de que não sabia para que lado ficava o auditório. Escolheu a esmo o corredor da direita, mas logo se arrependeu. O corredor, imenso, estava muito escuro, as portas, de um lado e outro, fechadas, e nas paredes nuas não havia qualquer aviso ou placa de orientação. Nada. Além do mais, ali em cima fazia ainda mais frio. Enquanto segurava a bandeja com as duas mãos, a servente sentia um sopro gelado às suas costas, embora não compreendesse de onde vinha, já que todas as portas estavam fechadas. Suas mãos começaram a tremer. Sem pensar mais, resolveu voltar e perguntar a alguém onde, afinal, ficava o auditório.

Apressou o passo, buscou de novo a escada e começou a descer. No silêncio opressivo, seus passos ecoavam, em meio ao chacoalhar dos copos na bandeja.

Desceu de volta dois lances e, já no terceiro andar, ficou aliviada ao ver uma professora — esta, sim, sua conhecida. Sorriu para ela.

— Onde vai com essa bandeja? — perguntou a professora.

— É para levar ao auditório do quinto andar, mas eu não consegui achar. A senhora acredita que, em todos esses anos que trabalho aqui, nunca tinha ido ao quinto andar?

— E não poderia mesmo — disse a professora, com uma risada. — Este prédio só tem quatro andares.

O demônio da meia-noite

Pouso os dez dedos sobre o teclado e vacilo. Olho para os lados, inquieta. Nessa época confusa, de fim de ano, ele costuma aparecer. Já quase posso senti-lo, me rondando. Cheguei a pensar em ficar calada, guardar esta sensação como um segredo. Mas de repente me vem a ideia de que preciso encará-lo, e não há melhor forma de fazer isso do que começar pronunciando seu nome. Seu nome, com todas as letras.

Belphegor.

Não estou certa se é assim que se escreve. É pena, porque os demônios dão muita importância a isso. Mas é assim que o imagino, com ph, sem acento, com a tônica na segunda sílaba. Belphegor. Pronto, está dito. Agora, o que tiver de acontecer — acontecerá. Não é um desafio. Ao contrário, é uma espécie de catarse. Tenho a sensação de que se encará-lo e pronunciar seu nome, estarei mais leve, mais livre. E ele irá talvez me respeitar, me tratar com alguma deferência. Vamos ver.

Agora, passo à explicação sobre sua especialidade. Belphegor — isso eu aprendi com um amigo, há muitos anos — é o nome do demônio que vive nas máquinas. Ele é o responsável por aqueles defeitos que nos enlouquecem, por aqueles momentos em que, numa mesma semana, às vezes num mesmo dia, o carro enguiça, a máquina de lavar dá problema, o computador rateia. O computador. Antigamente, quando não havia computador, Belphegor devia viver entediado. Hoje, o computador é sua máquina predileta. E, de todas as proezas de Belphegor, a que mais me fascina é sua capacidade de agir na calada da noite. Desligamos o computador — em casa, ao deitar, ou no fim do dia, no escritório — e está tudo bem. No dia seguinte, quando apertamos o botão e esperamos os ruídos infernais e familiares, algo aconteceu. Mas como? Como, se eu tenho certeza de que ninguém mexeu aqui? Mexeu, sim. Você não sabe, não crê. Mas mexeu. Foi ele.

Às vezes, irá apenas brincar um pouco, rir de você. Fazer coisas sem muita importância, pequenas provocações. Nada muito grave. Algo como, por exemplo, fazer desaparecer aquela barra de ferramentas que ontem mesmo estava ali e que você nem saberia como tirar. Passados mais uns dias, pronto. A barra de ferramentas reaparece. Foi apenas um pequeno sobressalto. Mas é assim que começa.

E já começou, estou certa. A temporada de Belphegor. Porque esta é a época do ano em que ele mais se manifesta, é seu momento de glória, quando todos estão apressados, precisando fazer tudo ao mesmo tempo, e muito rápido. É quando ele se esbalda. Já quase posso ouvir sua risada estridente, ecoando por trás da tela de cristal líquido, à espera do momento em que eu, inocente, distraída, apertarei o botão para desligar a máquina, sem me dar conta de que quando o fizer outra vez — nada mais será como antes.

Belphegor. Bem, estou pronta. Respiro fundo. Vou gravar e mandar. Mas não me surpreenderei em nada se daqui a alguns dias esta última página da revista sair em branco.

O piano

Quando ela e o marido visitaram pela primeira vez o apartamento, ainda ocupado pelos antigos proprietários, a mulher viu logo o piano na sala principal. E acima dele, na parede, uma pintura a óleo mostrando uma senhora de porte majestoso, vestida de gala, com o cabelo em coque. Ficou olhando o retrato, presa de um estranho fascínio. O dono do apartamento então se aproximou e contou-lhe que a mulher no retrato a óleo era sua mãe, morta havia muitos anos.

"O piano era dela", acrescentou.

Imediatamente a mulher imaginou aquela senhora dedilhando as teclas, acompanhando a si própria com sua voz de soprano, talvez para afastar a solidão, para não pensar no passado ou, quem sabe... E foi despertada do devaneio pelo marido, que a chamava para ir embora.

Acabaram comprando o apartamento. E, com ele, o piano, pois os antigos proprietários não podiam levá-lo. Mas um dia, poucos meses depois, o marido se abaixou junto ao pé do instrumento e ficou examinando o chão, com o cenho franzido. Depois, passou o dedo no assoalho e olhou para a mulher com olhos esgazeados: "Cupim!", disse. A mulher não quis acreditar, mas o marido insistiu. E deu início à guerra. Sempre muito zeloso de seus livros e estantes, concluiu que a permanência do piano na casa era uma ameaça. E depois de muita discussão foi afinal decidido que ele seria desterrado. O marido combinou tudo com a empregada: ia doá-lo a uma igreja.

No dia acertado, a mulher preferiu sair de casa, não quis nem ver os carregadores chegarem. Gostava do piano, embora fosse pequeno, de parede, sem nada de especial. Era curioso, porque nem ela nem o marido tocavam qualquer instrumento. Mas a mulher se afeiçoara a ele. E não conseguia deixar de pensar na senhora do retrato, a quem um dia o piano pertencera. Depois de passar algumas horas fazendo compras e apreciando vitrines, voltou para casa. Sentiu uma pontada no coração ao ver o espaço vazio junto à janela, a marca no chão. O marido explicou que o instrumento fora carregado para a garagem, mas que ainda estava lá, pois a caminhonete da igreja só viria no dia seguinte. E a mulher logo pensou na solidão dele, largado ali num canto, no meio dos carros. Mas deu de ombros. Não havia jeito. Procurou não pensar.

No dia seguinte, ao sair cedinho para o supermercado, estranhou o olhar do porteiro. Cumprimentou-a de um jeito arrevesado, parecia pálido. "O que foi, seu Antônio?" O porteiro se levantou e falou baixinho, olhando para os lados, desconfiado. "O piano, dona. Todo mundo ouviu. Não fui só eu. Ele tocou durante a noite. Fui lá na garagem espiar e não tinha ninguém."

E, ao ouvir aquilo, a mulher deu uma gargalhada de triunfo, saindo da portaria a passos largos, vitoriosos, enquanto gritava: "Bem-feito!"

Seu Antônio não entendeu nada.

Datas e locais de publicação das crônicas deste volume

Pérolas absolutas | *Jornal do Brasil*, "Contos mínimos", 9 nov. 2003
Um brasileiro | *Jornal do Brasil*, "Contos mínimos", 4 fev. 2001
Verdades e mentiras | *Jornal do Brasil*, "Contos mínimos", 26 ago. 2001
Ainda as rosas | *Jornal do Brasil*, "Contos mínimos", 2 set. 2001
Pequenos heróis | *Jornal do Brasil*, "Contos mínimos", 13 ago. 2000
O banquinho | *Jornal do Brasil*, "Contos mínimos", 20 ago. 2000
Fronteiras | *Jornal do Brasil*, "Contos mínimos", 17 set. 2000
Teclados | *Jornal do Brasil*, "Contos mínimos", 16 jun. 2002
Ausência | *Jornal do Brasil*, "Contos mínimos", 30 jun. 2002
Na esquina do poeta | *Jornal do Brasil*, "Contos mínimos", 27 out. 2002
Areias do tempo | *Jornal do Brasil*, "Contos mínimos", 10 nov. 2002
Rendeiras | *Jornal do Brasil*, "Contos mínimos", 27 fev. 2005
Semente da memória | *Jornal do Brasil*, "Contos mínimos", 10 out. 2004
A biblioteca | *Jornal do Brasil*, "Contos mínimos", 23 jan. 2000
Tempo | *Jornal do Brasil*, "Contos mínimos", 27 fev. 2000
Lição de piano | *Jornal do Brasil*, "Contos mínimos", 7 maio 2000

Era uma vez | *Jornal do Brasil*, "Contos mínimos", 6 jan. 2002
Uma obra de arte | *Jornal do Brasil*, "Contos mínimos", 20 nov. 2004
Janelas | *Jornal do Brasil*, "Contos mínimos", 13 mar. 2005
Maracanã | *Jornal do Brasil*, "Contos mínimos", 11 jun. 2006
A memória dos dedos | *Seleções*, ago. 2011
As mãos de Mariá | *Jornal do Brasil*, "Contos mínimos", 15 out. 2003
A revolução pela alegria | *Jornal do Brasil*, "Contos mínimos", 6 mar. 2005
Cenas mudas | *Seleções*, jul. 2009
É proibido comer | *Seleções*, maio 2008
Encontro | *Seleções*, jul. 2011
Madeira musical | *Seleções*, set. 2009
O Grande Irmão | *Jornal do Brasil*, "Contos mínimos", 25 fev. 2001
A formiguinha | *Jornal do Brasil*, "Contos mínimos", 8 jul. 2001
Ruídos | *Jornal do Brasil*, "Contos mínimos", 22 jul. 2001
Será? | *Jornal do Brasil*, "Contos mínimos", 5 ago. 2001
Espelhos | *Jornal do Brasil*, "Contos mínimos", 12 ago. 2001
Muito riso | *Jornal do Brasil*, "Contos mínimos", 9 set. 2001
No aeroporto | *Jornal do Brasil*, "Contos mínimos", 11 jul. 1999
As árvores | *Jornal do Brasil*, "Contos mínimos", 7 nov. 1999
As flores | *Jornal do Brasil*, "Contos mínimos", 30 jan. 2000
Sete vidas | *Jornal do Brasil*, "Contos mínimos", 2 fev. 2000
Coisa de louco | *Jornal do Brasil*, "Contos mínimos", 9 abr. 2000
Um dia comum | *Jornal do Brasil*, "Contos mínimos", 23 jul. 2000
Estranho mundo | *Jornal do Brasil*, "Contos mínimos", 15 out. 2001
Raízes | *Jornal do Brasil*, "Contos mínimos", 9 dez. 2001
Noite feliz | *Jornal do Brasil*, "Contos mínimos", 23 dez. 2001
A cor do cosmo | *Jornal do Brasil*, "Contos mínimos", 27 jan. 2002
Burro sem rabo | *Jornal do Brasil*, "Contos mínimos", 21 abr. 2002
A menina | *Jornal do Brasil*, "Contos mínimos", 15 maio 2002
Sobrevivente | *Jornal do Brasil*, "Contos mínimos", 1 dez. 2002

O anjo do Maracanã | *Jornal do Brasil*, "Contos mínimos", 15 dez. 2002
Na Glória | *Jornal do Brasil*, "Contos mínimos", 16 fev. 2003
Civilização | *Jornal do Brasil*, "Contos mínimos", 15 jun. 2003
Miniatura | *Jornal do Brasil*, "Contos mínimos", 13 jul. 2003
Síndrome do claustro | *Jornal do Brasil*, "Contos mínimos", 19 set. 2004
Gato e sapato | *Jornal do Brasil*, "Contos mínimos", 26 dez. 2004
Três cenas | *Jornal do Brasil*, "Contos mínimos", 10 abr. 2005
O palavrão | *Jornal do Brasil*, "Contos mínimos", 16 out. 2005
As amigas | *Jornal do Brasil*, "Contos mínimos", 22 jan. 2006
Viajante | *Jornal do Brasil*, "Contos mínimos", 2 abr. 2006
O elevador | *Jornal do Brasil*, "Contos mínimos", 13 abr. 2000
Passos | *Jornal do Brasil*, "Contos mínimos", 24 out. 1999
As gravuras | *Jornal do Brasil*, "Contos mínimos", 21 nov. 1999
Presente | *Jornal do Brasil*, "Contos mínimos", 22 out. 2000
A história | *Jornal do Brasil*, "Contos mínimos", 29 out. 2000
O quinto andar | *Jornal do Brasil*, "Contos mínimos", 29 set. 2002
O demônio da meia-noite | *Jornal do Brasil*, "Contos mínimos", 29 dez. 2002
O piano | *Jornal do Brasil*, "Contos mínimos", 11 jul. 2004

Conheça mais sobre nossos livros e autores no site
www.objetiva.com.br
Disque-Objetiva: (21) 2233-1388

Este livro foi impresso na
LIS GRÁFICA E EDITORA LTDA.
Rua Felício Antônio Alves, 370 – Bonsucesso
CEP 07175-450 – Guarulhos – SP
Fone: (11) 3382-0777 – Fax: (11) 3382-0778
lisgrafica@lisgrafica.com.br – www.lisgrafica.com.br